일본 근대 명시 선집 Ⅰ

정승운
사희영　編譯
김경인

제이앤씨
Publishing Company

목 차

序 文

　일본 근대 문학은 개인이 자신의 감정과 내면을 새로운 언어로 인식하고 표현하기 시작한 시대의 산물이다. 특히 시는 그러한 변화가 가장 민감하게 드러나는 장르라 할 수 있다. 일본 근대시는 메이지유신 이후 급격한 사회 변화 속에서 형성된 문학적 표현의 새로운 형식이며, 동시에 근대라는 시대가 인간의 감정과 욕망을 어떻게 이해하게 되었는지를 보여주는 중요한 기록이다.

　전통적으로 일본의 시문학은 와카(和歌)와 하이쿠(俳句)와 같은 정형시를 중심으로 발전해 왔다. 이러한 시 형식은 자연과 계절의 변화, 그리고 인간의 정서를 간결한 언어 속에 담아내는 독특한 미학을 형성하였다. 그러나 19세기 후반 메이지유신 이후 일본 사회가 근대화의 과정에 들어서면서 문학 역시 새로운 표현 형식과 감각을 요구받게 되었다. 서구 문학과 사상의 유입은 일본 문학의 지형을 크게 변화시켰고, 시 또한 기존의 전통적 형식을 넘어 새로운 언어와 표현을 탐색하기 시작하였다.

　이러한 변화의 출발점으로 흔히 언급되는 것이 메이지 초기의 '신체시(新体詩)'이다. 1882년에 간행된 『신타이시쇼(新体詩抄, 신체시초)』는 서구 시의 형식을 일본어 시로 번역하고 창작하려는 시도였으며, 이는 일본 근대시 형성의 중요한 계기가 되었다. 이후 일본 시단은 낭만주의와 상징주의의 영향을 받아 개인의 감정과 내면을 보다 적극적으로 표현하는 방향으로 발전하였다.

　시마자키 도손의 시에서는 자연과 인간의 정서가 섬세한 서정으로 나타나며, 기타하라 하쿠슈의 작품에서는 감각적인 이미지와 색채가 결합된 독특한 시 세계가 펼쳐진다. 다카무라 고타로의 시에서는 인간 존재와 삶의 의미에 대한 깊은 사유가 드러나며, 하기와라 사쿠타로에 이르면 일본어 구어를 바탕으로 한 자유시가 확립되면서 일본 근대시는 새로운 표현의 가능성을 획득하게 된다. 또한 미야자와 겐지의 시에서는 자연과 종교적 사유가 결합된 독창적인 시 세계가 형성되며, 인간의 감정이 보다 넓은 세계 인식 속에서 표현된다.

본『일본 근대 명시 선집』은 이러한 일본 근대시의 전개 과정을 이해하기 위해 대표적인 작품들을 선별하여 엮은 것이다. 메이지 초기 신체시의 형성기에서부터 다이쇼기와 쇼와 초기의 자유시에 이르기까지 일본 근대시의 주요 흐름을 가능한 한 균형 있게 제시하고자 하였다. 도야마 마사카즈와 야타베 료키치 등 초기 신체시 운동과 관련된 인물들의 작품에서 시작하여, 시마자키 도손, 기타하라 하쿠슈, 다카무라 고타로와 같은 근대 서정시의 대표적인 시인들, 그리고 하기와라 사쿠타로, 다카하시 신키치, 요시다 잇스이 등 새로운 시적 감각을 보여준 시인들의 작품을 함께 수록하였다. 이 선집에 수록된 작품들은 일본 근대시의 형성과 발전을 보여주는 중요한 문학사적 장면들이라 할 수 있다.

또한 본 선집에는 번역시 역시 일정 부분 포함되어 있다. 일본 근대시는 서구 문학과의 접촉 속에서 발전하였으며, 번역은 새로운 시적 형식과 감각을 일본 문학에 도입하는 중요한 통로였다. 우에다 빈이나 호리구치 다이가쿠와 같은 번역가들의 작업은 프랑스와 독일의 상징주의 시를 일본어로 옮기며 일본 근대시의 표현 영역을 크게 확장하였다. 이러한 번역 작업은 일본 근대시가 형성된 국제적 문학 환경을 이해하는 데에도 중요한 의미를 지닌다.

본 선집의 번역 작업에서는 가능한 한 원문의 의미와 정서를 충실히 전달하는 것을 기본 원칙으로 삼았다. 일본 근대시는 전통적인 5·7조의 율격을 활용한 작품에서부터 자유로운 산문시 형태의 작품에 이르기까지 다양한 형식

10

을 포함하고 있기 때문에, 번역 과정에서도 작품의 성격에 따라 직역과 의역을 적절히 병행하였다. 특히 시의 정서와 리듬을 살리는 데 중점을 두되, 한국어 독자가 이해하기 어려운 표현이나 문화적 배경이 필요한 경우에는 필요한 범위 내에서 설명을 덧붙였다. 또한 각 작품에는 간략한 작가 소개와 작품 해설을 함께 수록하여 시가 창작된 시대적 배경과 문학사적 의의를 이해하는 데 도움을 주고자 하였다.

근대 일본시는 전통과 새로운 세계 인식이 교차하는 지점에서 탄생한 문학이다. 그것은 전통적인 시적 감수성과 서구 문학의 새로운 표현 방식이 서로 영향을 주고받는 가운데 형성되었으며, 이러한 과정 속에서 일본 문학은 근대적 언어를 획득하게 되었다. 이러한 점에서 일본 근대시는 단순한 문학적 양식의 변화가 아니라, 근대 사회 속에서 인간이 자신의 감정과 세계를 어떻게 이해하게 되었는지를 보여주는 중요한 문학적 성취라 할 수 있다.

이 선집이 일본 문학을 연구하거나 학습하는 독자들에게 일본 근대시의 흐름을 이해하는 하나의 길잡이가 되기를 바란다. 동시에 서로 다른 언어와 문화 속에서 형성된 시적 세계를 읽는 경험이 인간의 감정과 언어가 지닌 보편적인 울림을 새롭게 발견하는 계기가 되기를 기대한다. 부족한 점이 있다면 모두 역자의 책임이며, 독자 여러분의 비판과 조언을 겸허히 기다린다.

끝으로 출판업계의 어려운 상황에서도 흔쾌히 출판에 응해주신 제이앤씨 윤석현 사장님과 편집실 여러분께도 감사드린다.

2026년 봄

광주에서
역자 일동

≪일본 명시 선집 Ⅰ 凡例≫

1. 본 선집은 일본 근대 시문학을 이해하기 위하여 대표적인 시 작품
   을 선별하여 수록한 것이다.

2. 작품 제목은 한글과 일본어를 병기하였으며, 시적 리듬과 이미지
   전달에 중점을 두었다.

3. 각 작품에는 작가 소개와 작품 해설을 간략히 첨부하여 시의 시
   대적 배경과 문학적 특징을 이해할 수 있도록 하였다.

4. 작품의 배열은 작가의 활동 시기와 일본 근대문학의 흐름을 고려
   하여 구성하였다.

5. 작품 번역은 원문의 의미와 정서를 최대한 살리는 것을 원칙으로
   하였으며, 직역과 의역을 적절히 병행하였다.

일본 근대 명시 선집 Ⅰ

간바라 아리아케(蒲原有明)

▌ 간바라 아리아케(蒲原有明, 1875~1952)

시인. 본명은 간바라 하야오(蒲原 隼雄)이며, 도쿄출생이다.

상징파 시인으로서 『도쿠겐아이카(独絃哀歌, 독현애가)』, 『슌초슈(春鳥集, 춘조집)』, 『아리아케슈(有明集, 아리아케집)』 등을 발표하였다.

1898년, 요미우리신문의 현상(懸賞) 소설 공모에 응모한 『다이지히(大慈悲, 대자비)』가 당선되어 한동안 소설을 집필했으나, 곧 시 창작에 전념하였다. 1908년 간행한 『아리아케슈(有明集, 아리아케집)』는 스스키다 규킨(薄田泣菫)과 함께 거론될 정도로 일본 근대시의 걸작으로 평가되기도 한다.

다이쇼 이후 프랑스 상징파의 번역과 산문시 창작을 시도했으나, 프랑스어에 능숙하지 못했던 점도 있어 발표한 작품은 많지 않았다.

주로 일상적인 테마로 소소한 일상에서 보여지는 인간의 심리를 잘 표현하였다. 일본의 전통적인 미학과 현대적 감성을 융합하여 많은 사람에게 사랑받고 있는 시인이다.

▣ 지혜의 관상가는 나를 보고(智慧の相者は我を見て)

이 시는 소네트(14행시)라 불리는 서구의 시 형식을 모방하고 있다.

'지혜로운 관상가'라는 일종의 예언자에게 운세가 좋지 않으니 지금의 여성과는 헤어지는 편이 낫다는 말을 듣는다. 그러나 환상적인 자연보다도 더 아름다운 그녀에게서 떠날 수는 없다. 모든 것을 운명에 맡겨 보겠다는, 그런 내용의 시이다.

▣ 어린 잎 그늘(若葉のかげ)

이 시는 시마자키 도손(島崎藤村)의 『와카나슈(若菜集, 봄 나물집)』에서 영향을 받아 창작된 것으로, 단순한 모방에 머무르지 않고 독자적인 시 세계를 구축하려 하였다. 그는 『와카나슈(若菜集, 봄 나물집)』의 시적 방법을 계승하면서도, 거기에 내면의 자각과 운명 의식을 더하여 새로운 전개를 시도한 것으로 평가된다.

자연에 대한 감수성과 더불어, 인간 존재에 대한 사색, 삶의 무상함과 고독이 깊이 배어 있다.

▣ 월백(月しろ)

이 시는 1908년 1월 간행하였던 네 번째 시집(총 48편 － 번역시 4편 포함) 『아리아케슈(有明集, 아리아케집)』에 실린 작품으로, 시집 권두에 배치된 연작 소네트형식의 14행시 「효노치(豹の血, 표범의 피)」 8편 가운데서도 걸작으로 언급되는 작품이다.

🗋 말리꽃(茉莉花)

이 시도 소네트 형식으로 쓰여져 있는데, 7＋5＋7＝19음과 5＋7＋5＝17음의 율격을 교대로 사용하고 있다.

말리꽃은 아라비아에서 인도 원산의 물푸레나무과 상록 관목으로 봄부터 늦가을까지 가지 끝에 향기로운 흰 꽃을 몇 송이씩 피우며, 꽃을 차에 넣어 자스민차로도 잘 알려져 있다.

‘말리꽃’이라는 이국적인 식물이 자아내는 퇴폐적 분위기. 그런 분위기 속에서 ‘향기’가 되고, ‘꿈의 덫’임을 알면서도 여전히 ‘영혼마저 녹이는 밀어에 이끌리는’ 관능 쾌락으로 표현된다. 하지만 뒤이어 번민스럽게 호소해 오는 환청과 재스민 향이 가득한 방 안에서 꿈인지 현실인지 분간할 수 없는 연인의 미소가 ‘내 몸의 상처’에 괴롭게 스며드는 감각으로 표현하는 등 여러 감각을 교차적으로 사용하며 관능과 퇴폐, 황홀과 고통이 뒤섞인 세계를 구축하고 있는 작품이라 할 수 있다. 작가의 연애 체험에서 비롯된 ‘성적 욕망’과 ‘애욕’을 표현하며 거기에서 비롯된 번민을 담고 있다.

지혜의 관상가는 나를 보고

지혜로운 관상가는 오늘 나를 보며 말했다
너의 눈빛에는 불길한 징조가 드리워져 있다, 구름에 가린 해처럼
마음이 여려 사람을 사랑하고 또 배려하지만
하늘의 구름, 질풍이 덮치지 않는 앞길로 도망가라고
아아! 도망가라고 부드러운 너의 주변을
초록 목장, 초야 들판 굴곡으로부터
부드러운 검은 올린 머리
이 말을 너는 어떻게 받아들일까
눈을 감으면 계속 이어지는 모래 사구의 끝을
황혼에 머리를 숙이고 가는 모습
사랑을 잃고 방황하는 짐승인가 하고 수상쩍게 물어 본다
그 모습은 당신을 피해 도망치는 몸
메마른 여정에 단조로운 우울한 모습——
그러면 안녕, 향기의 소용돌이 채색의 폭풍으로

어린 잎 그늘

엷게 흐린 하늘 날에, 햇살도 부드러워지고,
물푸레나무(木犀)의 어린잎 그늘 아래 놓인 의자에
몸을 기대고 있노라면 모든 만물이 아련히 흐려지고
꿈속의 노랫가락처럼 길게 늘어지네.

홀로 여기 내가 있는가, 홀로 이 가슴의
물결을 좇는가──영원의 섬, 그 섬 기슭에
날개를 가볍게 접는 바다새처럼, 먼 조류의 길 위에서
물결 베개에 기대어 졸고 있는 내가 아닐는지.

반쯤 열려 있는 나의 마음, 반쯤 감긴
눈을 이끌며, 참으로 초여름의 작약과
장미와 양귀비의 고운 꽃들이 춤추듯 스쳐 지나가네.

요염함이 사라져 생기를 잃은 색의 탄성 속에
아련히 떠오르는 환영이여──무르익어 향기로운
꽃술의 별, 이것이 사랑의 꽃, 길상의 그대여.

월 백

웅덩이져 흐르지 않는 내 가슴에 근심과 번뇌의
부평초만이 널리 퍼져, 검게 그을리고,
언제나 답답한 황혼의 그림자를 머금고
연못 물에 비치는 것은 어두운 고궁인가.

돌계단은 무너져 내리고, 물가는 적막하네.
가라앉은 쾌락을 누가 다시 칭송하랴.
한때 머물렀던 고운 이의 발소리와 노래를
그 돌 위로 아직도 그리워하는 물의 꿈.

꽃의 그리움을 고스란히 담은 기도의 말,
조아린 이마의 얼굴 그림자가 사라지려 할 때,
이 세상 아닌 인연이야말로 기이한 힘이네.

추억의 머나먼 옛 하늘로부터
연못의 마음에 아련히 남은 빛,
월백이여 지금도 이따금 떠올라 떠도네.

말리꽃

흐느껴 탄식하는 나의 가슴의 불투명한 울적함
비단 장막 세련되게 내걸려 빛나네
어느날은 잘 어울리는 그대의 얼굴, 교태의 들판에 핀
양귀비 꽃의 나긋나긋하고 요염한 그 향기

정신도 혼미하게 하는 속삭임에 유혹당하면서도
나는 또 그대를 껴안고 우네
극비의 우수, 꿈의 올가미, —당신의 팔에
괴로운 나의 팔을 얽매고 있네

또 어떤 밤에 당신을 보지 못하고, 비단 옷이
스치는 소리만 바스락바스락 아무렇지 않게
단지 전할 뿐, 나의 마음 이 순간 찢어지네

말리꽃의 밤 밀실 향기 환영에
섞인 당신의 미소는 내 몸의 상처를
파고들어 와 스며들어 끊임없이 고상하게 향기나네

구니키다 돗포(国木田独歩)

> 산림에 자유 있다(山林に自由存す)
> 홀로 앉아(独坐)
> 바다 위 작은 섬(沖の小島)

▌구니키다 돗포(国木田独歩, 1871~1908)

일본의 소설가, 저널리스트, 시인. 지바현(千葉県)에서 태어났으나 히로시마현(広島県)과 야마구치현(山口県)에서 성장하였다. 어릴 때 이름은 가메키치(亀吉)였으나 후에 데쓰오(哲夫)로 개명하였다.

필명은 돗포외에도 고토세이(孤島生), 교멘세이(鏡面生) 등 다양하게 사용하였다.

대표적인 자연주의 작가이자 낭만주의 문학가로 자연에 대한 감수성, 인간의 내면, 고독과 삶의 의미를 섬세하게 표현한 것이 특징이다.

1894년『세이넨분가쿠(青年文学, 청년문학)』활동에 참여하였고, 이후 도쿠토미 소호(德富蘇峰)의『고쿠민신분(国民新聞, 국민신문)』의 기자가 되었다. 청일전쟁이 발발하자 해군종군기자로서 참가하여 동생에게 보내는 편지 형식의 「아이테이쓰신(愛弟通信)」을 르포르타주로 발표하였다.

1896년 다야마 가타이(田山花袋)와 야나기타 구니오(柳田國男) 등과 교류하며 「돗포긴캬쿠(独歩吟客)」를 『고쿠민노토모(国民之友, 국민의 벗)』에 발표하였다.

1906년에 여러 잡지를 기획 간행하였고, 아동이나 여성잡지 등을 기획하며 편집장을 겸임하기도 하였다. 이후 돗포사(独歩社)를 창간하여 잡지를 발행하지만 1907년 파산하고 폐결핵에 걸려 병상이 악화되어 38세에 사망하였다.

◻ 산림에 자유 있다(山林に自由存す)

초출은 1897년에 발행된 『고쿠민노토모(国民之友, 국민의 벗)』 336호. 초출 제목은 「자유의 고향(自由の郷)」이었다.

워즈워스에게 심취해 있던 돗포가 바로 자연에 정신의 자유가 있다고 선언한 시로, 낭만파적 발상이 현저하게 나타나고 있다.

◻ 홀로 앉아(独坐)

초출은 『고쿠민노토모(国民之友, 국민의 벗)』 336호로, 「산림에 자유 있다」에 뒤이어 게재되었다.

◻ 바다 위 작은 섬(沖の小島)

1895년 8월 16일자 『고쿠민신분(国民新聞, 국민신문)』에 발표.

산림에 자유 있다

산림에 자유 있다
나 이 글귀를 음미하며 피가 끓어오름을 느낀다
아아, 산림에 자유 있다
무슨 연유로 나는 산림을 버렸던가

동경하여 허영의 길에 올라
10년 세월 먼지 속에 사는 동안
뒤돌아보니 자유의 고향은
이미 운산(雲山) 천 리 밖인 듯하다

눈을 들어 저 멀리 하늘을 바라보니
저기 눈 덮인 높은 봉우리에 아침햇살
아아, 산림에 자유 있다
나 이 글귀를 음미하며 피가 끓어오름을 느낀다

그리운 나의 고향은 어디인가
그곳에서 나는 산림의 아이가 된다
돌아보면 천리 강산
자유의 고향은 구름 속에 가려지려는 듯하다

홀로 앉아

밤 깊어 등잔 앞에 홀로 앉아
쓸쓸한 생각 유유히 견디지 않으면
눈가로 눈물이 흐르도록 내버려 둔다
하늘 위 구름이 나를 부른다

바다 위 작은 섬

바다 위 작은 섬에 종다리 날아
  종다리 살면 밭이 있겠지
밭이 있으면 사람이 살고
  사람이 살면 사랑이 있겠네

기노시타 모쿠타로(木下杢太郎)

료고쿠(両国)
흐린 날의 러시아 오색무늬 비단(曇り日の魯西亜更紗)
아침의 신차(朝の新茶)
쓰키지로 가는 나룻배 서문(築地の渡し 並序)

▌ 기노시타 모쿠타로(木下杢太郎, 1885~1945)

본명은 오타 마사오(太田正雄), 시즈오카현 출생.
1906년 도쿄제국대학 의학부에 진학, 이후 청년문
예가와 미술가 등의 간담회인 <판노카이(パンの会,
목양회)>를 결성하여 활발히 교류하였다. 그러던 와
중에 『묘조(明星, 명성)』, 『주오코론(中央公論, 중앙
공론)』 등에 시, 단가, 희곡, 소설 등을 발표하였다.

1911年 도쿄제국대학 의과대학을 졸업한 후 위생
학 교실을 거쳐 이듬해에 모리 오가이(森鴎外)의 추천으로 피부과의 도이 게이

조(土肥慶蔵) 교수의 제자가 되고, 그 무렵부터 한센병 연구를 시작하였다.

1921년부터 1924년까지 유럽 유학, 이후 아이치의과대학, 도호쿠제국대학, 도쿄제국대학의 의학부 교수를 역임하면서도 비평문과 수필기행문을 발표하였다.

시집『쇼쿠고노우타(食後の唄, 식후의 노래)』(1919年) 등이 있다.

▣ 료고쿠(兩國)

1919년『쇼쿠고노우타(食後の唄, 식후의 노래)』에 게재. 초출은 1910년『미타분가쿠(三田文学, 미타문학)』7월호.

료고쿠는 도쿄의 주오쿠(中央区)와 스마다쿠(墨田区)를 잇는 료고쿠바시(両国橋) 일대를 가리킨다. 이곳 료고쿠바시는 에도시대에 축조되어 여러 차례 재건되었는데, 1904년 철교로서 새롭게 축성되었다. 하지만 관동대지진 이후 당시 위치보다 20미터 정도 상류로 옮겨져 다시 세워졌는데, 이것이 현재 위치의 료고쿠바시다. 시에 등장하는 철교는 바로 관동대지진 이전의 료고쿠바시를 의미한다. 한편 료고쿠국기관은 스모경기가 펼쳐지는 대표적 시설로 1909년에 스미다쿠에 세워졌는데 당시 지붕은 지금과 달리 아치형이었다.

철교 아래로 큰 배라도 지날라치면 배의 돛이 철교에 부딪힐 정도로 낮아, 돛대를 눕혀 간신히 지나며 이국적인 정취를 맘껏 감상하는 광경을 노래한 이 시는, 시인이 몸담았던 예술가들의 모임인 <판노카이(パンの会, 목양회)>의 취향이 잘 드러나는 작품으로 평가된다.

▣ 흐린 날의 러시아 오색무늬 비단(曇り日の魯西亜更紗)

1919년『쇼쿠고노우타(食後の唄, 식후의 노래)』에 게재. 초출은 1914년『아라라기(アララギ, 사철나무)』1월호. 재게재는 같은 해 6월『분게이이홋코(文芸復興, 문예부흥)』에 게재되었다.

어느 흐린 초가을 날 이른 오후의 은은하면서 화려한 감각과, 그러다 문득 소나기 내리는 밤의 샤미센 가락을 타고 노랫소리 흐르는 쓸쓸한 풍경을 대조적으로 노래하고 있다.

▣ 아침의 신차(朝の新茶)

초출은 1915년 8월 『아라라기(アララギ, 사철나무)』에 「유리잔의 균열」과 함께 「담록비애(淡綠悲哀)」라는 종합 타이틀로 게재됨. 『쇼쿠고노우타(食後の唄, 식후의 노래)』에 「식후의 노래」라는 장에 수록.

봄이 무르익는 5월의 풍경이 가득한 아침 마당에서 새로 돋은 잎으로 만든 차 한잔을 음미하는 시인의 한가로움과 그 안에서 느끼는 비애를 노래한 시이다.

▣ 쓰키지로 가는 나룻배 서문(築地の渡し 並序)

초출은 1910년 2월 발행된 『스바루(スバル, 별무리)』 2월호. 1919년 출간의 시집 『쇼쿠고노우타(食後の唄, 식후의 노래)』에 게재. 도쿄의 쓰키지(築地)와 쓰쿠다시마(佃島)를 잇는 나룻배에 관한 시와 그 서문.

료고쿠

료고쿠(両国) 다리 밑을 지나려면

큰 배는 돛대가 쓰러질 거야,

어—이 어이, 선장이 부르는 소리 들리겠지.

5월 5일의 후팁지근하게

살갗에 차가운 강바람,

요쓰메(四ツ目)에서 오는 이른 배의 느긋한 노 젓는 가락,

모란을 새긴 한텐(袢纏)[*]의 나비들이 파도에 날아오른다.

여울의 맛 좋은 술, 기쿠마사무네(菊正宗)^{**},

얇은 유리 술잔에 그리운 향기 담아

레스토랑 2층에서

멍하니 바라보는 일몰의 하늘,

꿈의 국기관(国技館)^{***} 둥근 지붕 넘어

멀리 날아가는 새의, 저녁 새의 그림자를 보면

왠지 마음 색이 바랜다.

---

* 한텐(袢纏): 일본 옷 위에 입는 겉옷 하오리와 비슷한 짧은 겉옷의 하나
** 기쿠마사무네: 효고현의 주조회사의 술이름
*** 국기관: 도쿄도(東京都) 스미다구(墨田区)에 있는 대형 스모 경기장으로, 프로레슬링, 복싱 등 격투기 경기, 기타 스포츠 경기 등의 개최 장소로도 이용되기도 한다.

흐린 날의 러시아 오색무늬 비단

은빛 깃든 회색의
길가 버드나무여. 오후 2시경의
탁한 구름 물밑에 어슴푸레 푸른 빛 띤 태양.
왠지 그 눈이 반짝입니다.
지난밤 보았던 눈이. 옷깃 언저리가.

흐린 날의
러시아 오색무늬 비단의 감촉은
어두운 녹색 안에 희미하게 푸른 빛 띤 연자줏빛 비단향꽃무,
사락사락 차가운 소리 속에
왠지 상냥한 입가가.

초가을 흐린 날의 쓸쓸한 마음을 어디에 빗댈까.
어미가 된 얼룩 고양이의 야윈 모습이란 어떤가요.
그래, 그 또한 좋지만,
강 건너 흰 벽에 희미하게 비추는 등불, 소나기, 넓은 하늘의 달,
　처마 밑의 비.
오동잎에 맺힌 이슬이 빛나고, 강 위의 배가 덮개를 올린다.
먼 샤미센 소리에 몸이 움츠러든다. 고요한 밤에

야리사비(槍錆)[*]를 노래한 우타자와(歌沢)^{**}의 고토라(小登良),
이도 저도 꽃 모양의 러시아 오색무늬 비단이 살랑살랑,
바람이 불어 잎새를 울린다.

은빛을 띤 녹색,
어느새 밤도 깊어 가고, 강가 길을
냄비 볶음 우동이 지나갑니다.
흐린 날의 러시아 오색무늬 비단은
어쨌든. 재단하여, 벽장에 넣어두자.

바람처럼 된다면 이 연한 호박빛의
마데이라의 술이여, 꿈이 되어라.

---

  * 야리사비: 집을 떠나 연고를 잃은 무사의 심정을 노래한 우타자와의 일종
 ** 우타자와: 샤미센(三味線)을 반주로 하여 부르는 에도시대 말기의 하우타(端唄, 방
    악의 한 종류)의 한 가지. 고토라는 그 명창 중 한 사람.

아침의 신차(新茶)

체리 무르익고, 풀 그림자가
사각사각 무거운 소리로 울고, 군데군데 이슬이 차갑다!
떡갈나무 꽃의 진한 향기,
벽돌 벽에 내리쬐는 햇살의 눈부심, 순진함.

이런 아침, 마당을 거닐며
풀 위에 앉아 신차를 홀짝이면,
5월의 아침 환한 마음 저변에,
세상 어디에나 있는, 풀잎 하나에도 빠지지 않는
그런 정취의 비애가 끓어오름을 기억하라.

쓰키지로 가는 나룻배 서문

쓰키지 나룻배에서 아카시초로 나가면, 당신이 사는 해안은 쓰키시마, 또 쓰쿠다섬 불빛 듬성듬성. 강 어귀에서 바라보는 밤의 전경은 실로 판의 모임*이 생긴 당시의 예술적 감흥의 근원이었다. 에이타이바시 다리를 건넌 기슭에, 당시 에이타이요정이라 부르는 서양요리집이 있었다. 그 2층 창에서 내려다 보면, 봄날 달밤이면 강 표면이 마치 도금이라도 한 양 은백색으로, 달그림자 흔들리고 그 위로 일렁이는 빛을 흘려보낸다. 그때도 그랬듯이, 한 척의 작은 배가 다가온다. 형태는 마치 그림자처럼, 백광의 표면에 뚜렷한 검은 그림자 나타나, 배 안 사람들 주먹질하며 기뻐 돌아다니는 모습, 참으로 우스꽝스럽기 그지없다. 우리 판의 모임 동지들은 종종 이 집 계단 위에 모여 판을 모시는 술잔치를 벌인다.

> 보슈(房州)에서 왔는가, 이즈(伊豆)로 가는가,
> 피리 소리가 들린다, 그 피리가.
> 나룻배로 건너면 쓰쿠다섬.
> 메트로폴 호텔의 등불이 보인다.

---

* 판의 모임(パンの会, 목양회) : 메이지 말기 청년문예와 미술가들의 친목 모임으로, 이때의 '판(Pan)'은 그리스신화에 등장하는 향락의 신을 의미한다.

04

기타가와 후유히코(北川冬彦)

감하경(瞰下景)
러시아워(ラッシュ·アワア)
동백(椿)
평원(平原)

■ 기타가와 후유히코(北川冬彦, 1900~1990)

사가현(佐賀県) 오쓰(大津) 출생. 본명 다구로 다다히코(田畔忠彦). 시인, 영화평론가, 소설가.

1907년 부친을 따라 만주로 건너갔고, 여순(旅順)중학에서 5년간 기숙생활을 했다.

1922년 도쿄제국대학 법학부 프랑스법과 입학. 이후 시 창작을 시작하였다.

1924년 안자이 후유에(安西冬衛, 1898~1965)와 함께 시잡지『아(亞)』를 창간하고 단시(短詩)운동을 펼쳤다. 현대시(특히 신산문시)를 주로 발표했다.

1925년 프랑스법과를 마치고 다시 문학부 불문학과로 입학. 일본의 프롤

레타리아 작가동맹에도 참가하였다. 그는 작품에 군국주의 비판의 요소를 잘 담아내고 있다.

시집에는 『한키칸소시쓰(三半規管喪失, 세반고리관 상실)』(1925), 『켄온키토하나(檢溫器と花, 체온계와 꽃)』(1926), 『센소(戰争, 전쟁)』(1929) 등이 있고 소설 『아쿠무(惡夢, 악몽)』(1947) 등이 있다.

감하경(瞰下景)

1925년 1월 『한키칸소시쓰(三半規管喪失, 세반고리관 상실)』에 게재. 초출은 미상.

일본 아방가르드(전위) 시의 대표적인 작품으로, 현대 도시의 풍경을 위에서 내려다보는 시선으로 표현한 시이다. 간결한 이미지와 영화적 장면 전환이 특징이며, 일본 모더니즘 시의 중요한 작품으로 평가된다.

거리, 건물, 사람들의 움직임, 도시의 소음과 움직임들이 장면처럼 묘사되어 있다. 이렇게 내려다 보이는 도시를 감정적으로 그리지 않고, 마치 카메라가 장면을 찍듯이 단편적인 이미지로 보여주며 도시 풍경을 객관적인 시선으로 포착하고 있다.

러시아워(ラッシュ·アワア)

1926년 10월 『켄온키토하나(檢溫器と花, 체온계와 꽃)』에 게재.

많은 사람들이 기차를 타는 모습을 표현하고 있는 시로, 차표 검수 과정에서 손가락까지 잘릴 정도로 많은 인파인 상황을 그리고 있다.

동백(椿)

1926년 10월 『켄온키토하나(檢溫器と花, 체온계와 꽃)』에 게재.

이 시는 연이어 피고지는 동백꽃을 이어달리기에 빗대어 잘 표현하고 있다.

평원(平原)

1926년 10월 『켄온키토하나(檢溫器と花, 체온계와 꽃)』에 게재.

감하경

빌딩 꼭대기에서 내려다보면
전철·자동차·인간이 꿈틀거리고 있다
눈동자가 땅바닥에 들러붙을 것 같다

러시아워

개찰구에서
손가락이 차표와 함께 잘렸다

동백

여자 팔백미터 이어달리기. 그녀는 제3코너에서 풀썩 넘어졌다.

평원

평원의 끝에는, 군단이 해충처럼 운집해 있었다.

05

기타하라 하쿠슈(北原白秋)

사이비 종교의 비곡(邪宗門秘曲)

하늘엔 새빨간(空に真赤な)

서시(序詩)

기풍있는 호텔의(意気なホテルの)

물레(糸車)

짝사랑(片恋)

장미 두 곡(薔薇二曲)

맥주 통(ビール樽)

낙엽송(落葉松)

붉은 석양에(あかい夕日に)

■ 기타하라 하쿠슈(北原白秋, 1885~1942)

시인이자 동요작가이며 가인. 후쿠오카현 출신으로 와세다대학을 중퇴. 1906년에는 기노시타 모쿠타로(木下杢太郎)나 이시카와 다쿠보쿠(石川啄木) 등과 교류하였다. 1918년 창간된 아동잡지 『아카이토리(赤い鳥, 붉은 새)』

를 중심으로 수많은 동요를 발표하였다. 탐미적 시를 비롯해 단가와 동요 등 광범위하게 활동한 국민적 시인으로 알려졌다. 시집으로는『쟈슈몬(邪宗門, 사이비 종교)』(1909), 『오모이데(思ひ出, 추억)』(1910), 『수이보쿠슈(水墨集, 수묵집)』, 『도쿄케이부쓰시오요비소노호카(東京景物詩及其他, 도쿄풍물시 및 그외)』(1913) 등 다수가 있고, 가집으로는『기리노하나(桐の花, 오동나무 꽃)』등이 있다.

⬚ 사이비 종교의 비곡(邪宗門秘曲)

기타하라 하쿠슈의 첫 번째 시집인『쟈 슈몬(邪宗門, 사이비 종교)』(1909.3.)에 수 록. 초출은 1908년 9월『주오코론(中央公 論, 중앙공론)』제9호.

남만무역을 하던 시절 포르투갈이나 스페인 등에 대한 동경을 이국적인 어휘 와 강한 색채감으로 표현한 시이다. 이 시 에서의 남만문화에 관한 어휘사용은 기 노시타 모쿠타로(木下杢太郎, 1885~1945) 의「나가사키풍(長崎ぶり)」이나 우에다 빈(上田敏, 1874~1916)의「후미에(踏繪)」 등의 영향을 받았다고 평가된다.

「사이비 종교의 비곡」에 들어간 삽화.
(『사이비 종교』의 1976년 복간본에서)

⬚ 하늘엔 새빨간(空に真赤な)

1909년 3월『쟈슈몬(邪宗門, 사이비 종교)』에 수록. 초출은 1909년 1월『야 오토메(八少女, 여덟명의 무녀)』제2권 제1호.

붉은 색은 기타하라 하쿠슈가 좋아했던 색으로 알려져 있는데, 그래선지 시집『쟈슈몬(邪宗門, 사이비 종교)』에 수록된 시들에도 자주 등장하는 색채이다. 이 시에는 바로 그 색채가 시 전체에 감돌고 있어, 청춘의 퇴폐적이고 찰나적인 쾌락을 추구하는 시라고 평가받는다.

▣ 서시(序詩)

1911년 6월에 두 번째 시집『오모이데(思ひ出, 추억)』에 수록. 초출은『소사쿠(創作, 창작)』1910년 10월호에 발표.

이 시는 시집『오모이데(思ひ出, 추억)』의 전체적 모티프를 담아내고 있다고 평가된다. 시 전반에 시각, 청각, 촉각 등 오감을 동원하여 감각적으로 비유함으로써 추억을 떠올리고 있다. 특히 유년 시절에 읽었던 '가을의 오랜 전설'에 드리운 신비로움과 공포에 싸인 어린 시절에 대한 그리움을 고풍스럽게 표현하고 있다.

▣ 기풍 있는 호텔의(意気なホテルの)

1911년 6월『오모이데(思ひ出, 추억)』에 수록. 초출은 미상.

이 시는 도쿄의 근대적 정서를 담아내고 있는 시로, 현대적 도시의 호텔을 연상케 한다.

▣ 물레(糸車)

1911년 시집『오모이데(思ひ出, 추억)』에 수록. 초출은『소사쿠(創作, 창작)』1910년 9월호.

물레가 소리도 없이 돌아가는 석양 녘의 쓸쓸한 정취가 느껴지는 시이다. 특히 한적한 마을의 공동진료소인「공동의관」의 마루방에 뒹구는 두 덩이의 누런 호박은 가을의 정취를 한층 더해줄 뿐 아니라, 그 속에서 홀로 물레를 돌리는 나이 든 여인의 쓸쓸함을 환상적으로 비춰준다. 그러다 문득 5월로 돌아가는 듯하지만 역시 가을의 정취를 그리워하며 희미한 슬픔에 잠기는 감각으로 흐른다.

◻ 짝사랑(片恋)

1913년 7월 시집 『도쿄케이부쓰오요비소노타(東京景物詩乃其他, 도쿄 풍물시 및 그 외)』에 수록. 초출은 1910년 4월 『스바루(スバル, 별무리)』제2권 4호. 짝사랑(片恋)은 시집 『도쿄케이부쓰오요비소노타(東京景物詩乃其他, 도쿄 풍물시 및 그 외)』에 수록되어 있다.

도쿄를 무대로 하여 짝사랑의 우수를 노래한 5·7·5조의 속요시이다.

프랑스 상징시의 참신한 감각이 숨겨져 있다고 평해진다.

에도정서를 담고 있기도 하지만, 근대에 가로수로 수입된 아카시아나무를 소재로 사용함으로써 서양적 분위기를 나타내고 있다.

아카시아 낙엽을 금색과 빨강색으로 표현하여 관능적 색채미를 나타내고 있기도 하다.

◻ 장미 두 곡(薔薇二曲)

1914년의 시집 『핫킨노코마(白金之独楽, 은빛팽이)』에 게재한 시이다.

과학적 설명으로는 납득할 수 없는 생명이 품은 신비함을 표현 작품이다.

오묘함을 높이 평가한다는 의미에서 곡(曲)이라는 음악적 제목을 붙인 것으로 유추된다.

시는 5음과 7음으로 구성되어 있다. 가타카나로 표기하여 한음 한음을 확실히 독자에게 전달하고 있다. 특히 장미를 한자로 표기하여 식물을 응시하는 작가의 마음을 잘 나타내고 있다.

"장미나무에서 장미꽃이 핀 것은 당연한 것이지만 이것을 지나쳐버리는 사람은 불행하다. 실로 경탄할만한 대단한 사실이다."라고 평했다고 한다.

그리고 당연하다고 여기는 이런 것들이 종교, 철학, 자연과학을 만들어낸 것이라는 기타하라 하쿠슈의 생각이 잘 담겨있는 시라고 할 수 있겠다.

▣ 맥주 통(ビール樽)

1914년의 시집『핫킨노코마(白金之独楽, 은빛팽이)』에 게재한 시이다.

빨간 석양의 빨강색은 음주와 관능적 도취감을 표현한 것으로 분석된다.

▣ 낙엽송(落葉松)

초출은 1921년 11월에 발행된『묘조(明星, 명성)』제1권 1호로, 당시 제목은「낙엽송 제7장(落葉松 第7章)」이었다.

고요한 소나무숲 산책을 테마로 한 5·7조의 전체 8연으로 구성된 정형시로, 시인이 1921년 8월 가루이자와(軽井沢)에 잠시 머물렀을 때의 경험을 토대로 한 시이다. 다만 초출 당시에는 제4연이 빠진 7연(9월 27일, 30일 작)으로 발표되었다가 나중에 제4연(1922년 3월 발표)이 추가되어 전체 8연의 시가 완성되었다.

▣ 붉은 석양에(あかい夕日に)

붉은 석양에(あかい夕日に)는 시집『도쿄케이부쓰오오요비소노타(東京景物詩乃其他, 도쿄 풍물시 및 그 외)』에 수록되어 있다.

시인의 탐미주의적인 가치관을 7·5조 4행으로 노래한 단시이다.

낮부터 술을 마시고 있던 나는 해가 지는 석양에는 이미 취해 자신의 생활을 돌아보려고 카페를 나온다. 하지만 자포자기의 마음이 되어 스스로를 게으름뱅이로 취급하며 포기하는 모습을 그리고 있다. 메이지 말기에 긴자에 생겼던 음식점인 카페가 이 시의 배경으로 등장하고 있다.

사이비 종교의 비곡

나는 생각한다. 말세의 종교, 카톨릭교로 하느님의 마법
흑선의 선장을, 네덜란드의 이상한 나라를
빨간색 글라스를 향기로 깨닫게 하는 카네이션
카톨릭교의 상투메*를, 또 아라크주**, 붉은 와인을

눈매가 파란 도미니카 수도사는 기도를 암송하며 꿈에 말한다
금지된 기독교 종파의 신을, 또한 피에 물든 십자가
양귀비씨를 사과처럼 본다고 하는 기망의 현미경
천국 하늘을 들여다보는 늘어나는 기이한 망원경을

집은 또 돌로 만들고, 대리석의 하얀 파라핀은
유리 항아리에 넘쳐나 밤이 되면 점화된다고 한다
그 아름다운 환영의 꿈은 벨벳의 향기와 섞여
진기한 달 세계의 금수를 비춘다고 한다

혹은 듣는다. 화장 재료는 독초 꽃에서 짜내어
썩은 석유에 그리는 성모 마리아 상이요
또 라틴, 포루투갈의 옆으로 묶은 책의 파란색 가명은
아름답게, 그렇다고 해도 슬픈 환락의 소리도 가득찬다

그럼 안녕, 우리에게 내려주오, 환혹의 신부
백년을 찰나로 축소하고, 피의 유리잔에 죽는다해도
아깝지 않네, 원하는 것은 극비, 그 진기한 주홍색 꿈
예수여, 오늘을 기도로 몸도 영혼도 향기 바래진다

---

* 상투메: 성((聖)) 토마스가 포교하러 온 곳이라는 전설에서 따온 것으로 포르투갈어
São Thomé(=Saint Thomas)이다.
** 아라크주: 쌀이나 야자즙으로 만든 독한 술

하늘엔 새빨간

하늘엔 새빨간 구름의 빛깔

유리에 새빨간 술 빛

왜 이 몸은 슬픈 것인가

하늘엔 새빨간 구름의 빛깔

서시

추억은 목덜미 붉은 반딧불이의
오후의 불안한 촉각처럼,
두둥실 푸르름을 두른
빛난다고도 볼 수 없는 빛?

아니면 희미한 곡물의 꽃인가,
이삭줍기 노래인가,
따듯한 술 곳간 남쪽에서
잡아뽑은 비둘기 털의 하얀 온기?

음색이라면 피리 같은,
두꺼비 우는
의사의 약이 간절한 밤,
희미한 불빛 아래 부는 하모니카.

냄새라면 벨벳,
트럼프 여왕의 눈,
익살스러운 피에로 가면의
왠지 슬픈 느낌.

방탕하던 날처럼 괴롭지 않고,
열병의 달뜬 통증도 없는 듯,
그러면서 늦봄처럼 부드러운
추억인가, 다만 나의 가을의 오랜 전설

기풍있는 호텔의

기풍있는 호텔 굴뚝에
오늘도 가랑눈이 내리기 시작하고,
파란 등이 켜지고, 나의 마음
항상 찔끔찔끔 울기 시작한다

물레

물레, 물레, 조용히 깊게 실을 잣는 손길,
그 물레 부드럽게 돌리는 석양이 쓸쓸하구나.
금빛과 붉은 호박 두 개 나뒹구는 마루방에,
「공동의관(共同医館)」의 마루방에,
홀로 앉아 집을 지키는 그 노파야말로 쓸쓸하구나.

귀도 안 들리고, 눈도 안 보이고, 그리하여 5월이 되었지만
희미하게 풍기는 비단 조각의 그 먼지마저 그립구나.
유리 책장에 백골이 홀로 설 수 있는 것도 기이하게,
물가에 비스듬히 내비치는 달빛 기특하구나.

물레, 물레, 조용히 침묵하며 실을 잣는 손길,
그 수심이 부드럽게 돌리는 석양이 쓸쓸하구나.

짝사랑

아카시아의 금빛 붉은빛 잎이 지는구나.
어슴새벽의 가을빛에 지는구나.
짝사랑 얇은 플란넬 같은 나의 우수
히키후네(曳船)강 물가를 걸을 때.
부드러운 너의 숨결에 지는구나.
아카시아의 금빛과 붉은빛 잎이 지는구나.

장미 두 곡

하나

장미 나무에
장미꽃이 피어

딱히 이상한 것 없지만

둘

장미꽃
딱히 이상한 것 없지만

내리쬐이는 나무에서 떨어진다
빛이 떨어진다

맥 주 통

굴려라 굴려라 맥주 통
빨간 석양의 완만한 언덕
끊을래두 끊을 수 없는 것이라면
굴려라 굴려라 맥주 통
굴려라 굴려라 맥주 통

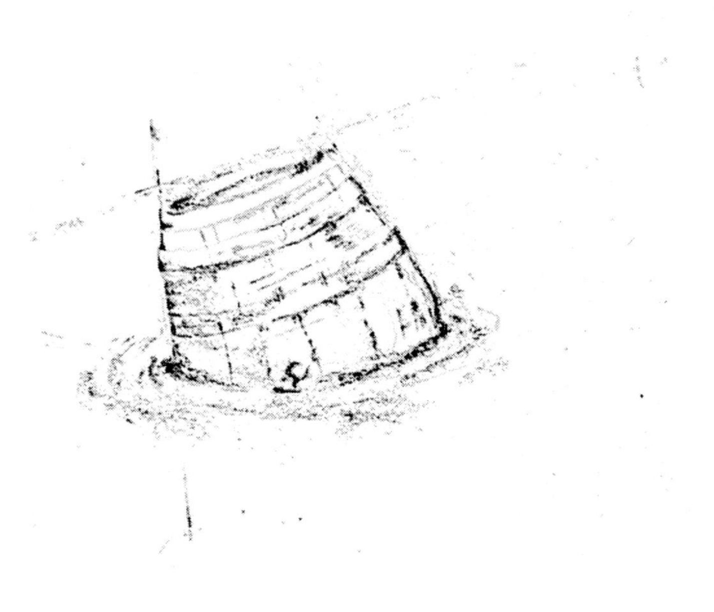

낙엽송

1.

낙엽송 숲을 지나,
낙엽송을 구석구석 보았네.
낙엽송은 쓸쓸하였네.
나그네길은 쓸쓸하였네.

2.

낙엽송 숲을 나와,
낙엽송 숲으로 들어갔네.
낙엽송 숲으로 들어가니,
또 샛길은 이어졌네.

3.

낙엽송 숲 안에도
내가 지날 길은 있었네.
안개비가 내리는 길.
산바람이 지나는 길.

4.

낙엽송 숲속 길은
나뿐인가, 다른 이들도 지나갔네.
좁디좁게 뻗은 길이었네.

한적하게 서두른 길이었네.

5.

낙엽송 숲을 지나
이유 없이 걸음을 멈춰 섰네.
낙엽송은 쓸쓸하여라,
낙엽송이라고 속삭였네.

6.

낙엽송 숲을 나와,
아사마산으로 연기 피어오르는 것 보았네.
아사마산으로 연기 피어오르는 것 보았네.
낙엽송 또 그 너머로.

7.

낙엽송 숲 비는
쓸쓸하나 이내 고요하다.
뻐꾹새 울음소리뿐.
낙엽송 젖는 소리뿐.

8.

세상, 정취가 넘치네.
변화무쌍하나 기쁘기만 하네.
산천에 강물 소리,
낙엽송에 부는 낙엽송 바람.

붉은 석양에

붉은 석양에 마음이 흔들려
취해서 커피점을 나서기는 했지만
어차피 나는 게으름뱅이
내일의 묘지를 어떻게 알리

06

다카무라 고타로(高村光太郎)

고정쇠 나라(根付の国)
겨울이 왔다(冬が来た)
도정(道程)
가을의 기도(秋の祈)
레몬 애가(レモン哀歌)

▌ 다카무라 고타로(高村光太郎, 1883~1956)

일본의 시인, 가인, 조각가, 화가. 본명 다카무라 미쓰타로(高村光太郎)

일본을 대표하는 조각가로도 알려져 있지만, 메이지 시대 이후의 근현대 시를 대표하는 시인으로 평가받고 있다.

소학교를 졸업 후 공립미술학관 예비과를 졸업하고 요사노 뎃칸(與謝野鐵幹)이 주재하는 신시사(新詩社, 신시사)에 들어가 『묘조(明星, 명성)』에 단카와 희곡 등을 기고했다.

1906년 미국에서 조각 공부를 하고, 런던과 파리에 이주해 생활하면서 프

랑스의 시인 베를렌, 보들레르의 시에서 깊은 영향을 받았다. 1909년 유럽에서 귀국 후 <판노카이(パンの会, 목양회)>에 들어가 시의 창작활동을 시작했다.

1914년 결혼했으며 같은 해 유명한 시집 『도테이(道程, 도정)』을 출판하였다.

1911년 1월 모리 오가이의 문예지 『스바루(スバル, 별무리)』에 발표한 5편은, 전년 프랑스 유학에서 귀국한 시인(조각가)의 후기 처녀 시집 『도테이(道程, 도정)』(1914)의 출발점이 된다. 그중에서도 문명비평(일본문화비판)의 통렬함으로 잘 알려져 있다.

1910년에 『시라카바(白樺, 백화)』가 창간되자 무샤노코지 사네아쓰(武者小路実篤) 등과 친교를 맺었다. 예술의 자유를 선언한 평론 「녹색의 태양(緑色の太陽)」을 발표하기도 하였다.

▫ 고정쇠 나라(根付の国)

이 시는 1910년 창작하여 시집 『도테이(道程, 도정)』에 게재한 작품이다.

1909년 유럽에서 귀국한 후 모국을 자조적으로 매도한 작품이다.

조각가로서 로댕을 숭배하고 유럽의 위대한 예술을 경험한 만큼 서양의 예술을 작품활동의 기준으로 삼았다고 볼 수 있다. 그리고 서양을 절대적 가치기준으로 삼고 밖에서 보는 일본인의 모습을 표현하고 있는데, 일본에 대한 자기혐오적 성격이 드러난다.

하지만 한편으로 「공쿠르의 일기」를 살펴보면 고정쇠를 금속도자기에 무늬를 새겨 그 속에 금은 동을 채우는 상감을 입힌 비상하는 학이 달빛에 빛나는 강의 수면에 비추는 것으로 표현함으로써 위대한 장인의 높은 상상력과 기술을 가진 국민이라는 상징적 소재로도 볼 수 있을 것이다.

▫ 겨울이 왔다(冬が来た)

겨울이 왔다(冬が来た)는 시집 『도테이(道程, 도정)』에 게재된 작품이다.

시의 형식은 구어자유시이다.

다카무라 고타로는 겨울시인이라고 불릴 정도로 겨울 시를 많이 창작한 작가로 알려져 있다.

팔손이는 초겨울에 하얀 꽃을 피우는 꽃으로 은행나무 등과 함께 꽃과 잎이 사라지고 앙상해진 겨울을 묘사하고 있다.

인생에 맞서는 강인한 의지를 겨울을 받아들이고 통과하며 뚫고 나가는 강한 정신력으로 표현하고 있다고 할 수 있다.

▣ 도정(道程)

도정의 길은 인생을 상징하는 것이다. 서두의 두 행은 개척자로서의 기개를 표현하고 있는 것으로 여겨진다.

▣ 가을의 기도(秋の祈)

1914년 출판된 시집 『도테이(道程, 도정)』에 게재.

▣ 레몬 애가(レモン哀歌)

레몬 애가는 다카무라 고타로가 아내 지혜코의 임종 순간을 노래한 작품으로, 일본 근대시 가운데서도 가장 절절한 애도의 시로 평가된다.

죽음의 순간에 직면한 아내가 레몬을 받아 들어 먹는 모습에서 죽음을 앞둔 인간이 마지막으로 붙잡는 감각적 세계와 생의 잔여를 상징적으로 표현하고 있다.

죽음을 비탄어린 슬픔에 머물게 하지 않고 존재에 대한 깊은 통찰로 이어가며 절제된 원초적인 자연으로의 회귀로 묘사하여 그 슬픔을 배가시키고 있다.

고정쇠 나라

광대뼈가 나오고, 입술이 두꺼우며, 눈이 삼각형인
  명인 산고로가 새긴 고정쇠 같은 얼굴을 하고
귀신을 능가한 듯 멀뚱거리며
자신을 알지 못하고 빽빽이 찬
생명의 평온함
허영스럽게
조그맣게 굳어서 조용히 가라앉아 있다
원숭이 같은, 여우 같은, 하늘다람쥐 같은,
  검정망둑어 같은, 송사리 같은, 도깨비 기와 같은,
  찻잔 조각 같은 일본인

겨울이 왔다

완전히 겨울이 왔다
팔손이 나무의 하얀 꽃도 사라지고
은행나무도 빗자루가 되었다

보드득 보드득 스며들 것 같은 겨울이 왔다
사람들에게 미움받는 겨울
초목이 등을 돌리고, 곤충류들이 도망가는 겨울이 왔다

겨울이여!
나에게 오라, 나에게 오라
나는 겨울의 힘, 겨울은 나의 먹이이다

깊이 스며들어, 뚫린
불을 내고, 눈으로 묻어라
칼같은 겨울이 왔다

도정

나는 어딘가로 통해있는 큰 길을 걷고 있는 것이 아니다

내 앞에 길은 없다

나의 뒤에 길은 생겨난다

길은 내가 밟아온 발자국이다

따라서

길의 최 선단에 항상 나는 서있다

얼마나 꼬불꼬불 구부러지고

헤매고 헤맨 길이었을까

스스로 타락으로 망해 사라져간 그길

절망에 파고들어 갇혔던 그길

어린 고뇌에 묵살당했던 그 길

뒤돌아 보면

자신의 길은 전율할만하다

사리멸렬한

또 무참한 이 광경을 보고

누가 이것을

생명의 길이라고 믿을까

그럼에도

역시 이것이 생명으로 가는 길인 것이다

그리고 나는 여기까지 오고 만 것이다

이 참담한 자신의 길을 보고

나는 자연의 위대한 자비에 눈물을 흘리는 것이다

그 불량배에게 보인 길 가운데에서

생명의 의미를 확실히 보여준 것은 자연이다

나를 여기저기 끌고 다니다 눈을 뜨게하고

이제 끝이다라고 생각했을 때

깨어라! 깨어나라 하고 외친 것은 자연이다

이것이야말로 엄격한 아버지의 사랑이다

아이가 되어 감사함을 나는 절실히 생각하였다

어떠한 때이든 자연의 손을 놓지 않았던 나는

결국 자신을 붙잡을 수 있었던 것이다

마침 그때 사태는 급변하였다

갑자기 눈앞에 있는 것은 빛을 방사하고

하늘도 지면도 끓어오르듯이 움직이기 시작했다

그사이에

자연은 미소를 남기고 나의 손에서

영원의 지평선으로 모습을 감추었다

가을의 기도

가을은 낭랑하게 하늘에서 울리고
하늘은 물빛, 새가 날고
영혼은 울고
청정한 물 마음으로 흘러
마음은 이내 눈을 떠
아이가 된다

번잡하고 어지러운 과거는 눈앞을 가로지르고
혈맥을 내게 보낸다
가을 햇살을 받으며 나는 고요히 있는 모든 것을 본다
땅속의 영위를 스스로 축복하고
내 평생 걸어온 길을 벅찬 가슴으로 바라보고
분연히 기도한다
기도할 말을 몰라
눈물 흘리며
빛을 맞으며
나뭇잎 지는 것을 보고
짐승이 기뻐 날뛰는 것을 보고
떠가는 구름과 바람에 나부끼는 뜰 앞 풀들을 바라보며
이처럼 인과가 역력한 규칙을 보며

마음은 강한 은애를 느끼며
또 멈출 수 없는 책임을 떠올리며
견디기 힘든
기쁨과 외로움과 두려움에 무릎 꿇는다
기도할 말을 몰라
그저 나는 하늘을 우러러 기도한다
하늘은 물빛
가을은 낭랑하게 하늘에 울린다

레몬 애가

가을은 낭랑하게 하늘에서 울리고

하늘은 물빛, 새가 날고

영혼은 울부짖고

청정한 물 마음으로 흘러

마음은 눈을 뜨고

동자(童子)가 된다

번잡하고 어지러운 과거는 눈앞에 가로누워

혈맥을 내게 보내온다

가을 햇살을 받으며 나는 고요히 있는 그대로의 이것을 본다

땅속의 영위(營爲)를 스스로 축복하고

내 일생의 행로를 가슴 벅차게 생각하며 바라보고

연연히 일어서 기도한다

기도할 말을 알지 못해

눈물 흘러

빛에 맞고

나뭇잎 지는 것을 보고

짐승이 희희낙락하며 달리는 것을 보고

떠가는 구름과 바람에 흔들리는 뜰 앞의 풀을 보고

이와 같은 인과(因果)가 역력한 법칙을 보며

마음은 강한 은애(恩愛)를 느끼고

또 거부할 수 없는 책무를 생각하며
견딜 수 없어
기쁨과 외로움과 두려움 앞에 무릎 꿇는다
기도할 말을 알지 못해
다만 나는 하늘을 우러러 기도한다
하늘은 물빛
가을은 낭랑하게 하늘에서 울린다

다카하시 신키치(高橋新吉)

접시(皿)
귀머거리(ツンボ)
소녀의 얼굴(少女の顔)
요리사(料理人)

■ **다카하시 신키치(高橋新吉, 1901~1987)**

일본의 다다이스트 시인. 에히메현(愛媛県) 출신 으로 야와타하마상업학교(현재의 애히메현립 야와 타하마고등학교)를 중퇴한 후 방랑으로 생애를 보냈 다. 그의 회상에 따르면『마이니치신분(每日新聞, 매 일신문)』의 전신인『니치니치신분(日日新聞, 일일 신문)』사의 조리부에서 접시닦이로 거의 1년을 일하 기도 했고, 일본요리점에서 요리사 조수로 일하기도 했다고 한다. 그 시절의 감상을 시에 담아내기도 했다.

1920년 『요로즈초호(萬朝報, 만조보)』의 현상단편소설 부문에 「불꽃을 들다(焔をかかぐ)」로 입선하여 소설가로 데뷔하였다. 그 후 시인으로 활동. 1921년에는 고향의 한 사찰에서 소승 생활을 보냈고, 만년에는 선(禪)정신에 경도되었다. 시집에 『다다이스토신키치노시(ダダイスト新吉の詩, 다다이스트 신키치의 시)』(1923.2.25.), 『다카하시신키치노시(高橋新吉の詩, 다카하시 신키치 시집)』 등이 있다. 첫 시집 『다다이스토신키치노시(ダダイスト新吉の詩, 다다이스트 신키치의 시)』에 수록된 시들 중 대표작으로는 「귀머거리(ツンボ)」, 「소경(メクラ)」, 「벙어리(オシ)」, 「접시(皿)」, 「소녀의 얼굴(少女の顔)」, 「요리사(料理人)」 등을 들 수 있다.

접시(皿)

1923년 2월 『다다이스토신키치노시(ダダイスト新吉の詩, 다다이스트 신키치의 시)』에 수록. 초출은 1922년 4월 창간된 『시문(シムーン)』. 초출 당시의 제목은 「권태(倦怠)」였다.

식당에서 접시닦이를 하던 시절의 심경을 그린 시이다. 접시라는 의미의 한자 '皿'를 일본어 원작에서는 세로로 길게 써내리고 있는데, 마치 접시가 차곡차곡 높게 쌓여있는 듯 보인다. 여기에서 가난한 시인의 권태감과 위태로움이 느껴지기도 한다. 처음 이 시가 게재된 시집 『다다이스토신키치노시(ダダイスト新吉の詩, 다다이스트 신키치의 시)』에는 편집자의 오류로 '1911년집(一九一一年集)_49'로 잘못 표기되었는데, 원래는 『센큐햐쿠니주이치넨슈(一九二一年集, 1921년집)』의 66번까지의 작품번호 중 49번째에 해당하는 시가 바로 이 「접시」이다. 작품의 제목은 1952년에 발간된 『다카하시신키치노시(高橋新吉の詩, 다카하시 신키치 시집)』에서 「접시(皿)」로 개정되었다.

⬚ **귀머거리(ツンボ)**

1923년 2월『다다이스토신키치노시(ダダイスト新吉の詩, 다다이스트 신키치의 시)』에 수록. 초출은 1922년 10월「소경」,「벙어리」와 함께 '다다의 시 3편'으로「가이조(改造, 개조)」에 게재. 그야말로 시인의 데뷔작 중 한 편이라 할 수 있다.

⬚ **소녀의 얼굴(少女の顔)**

1923년 2월『다다이스토신키치노시(ダダイスト新吉の詩, 다다이스트 신키치의 시)』의『센큐햐쿠니주이치넨슈(一九二一年集, 1921년집)』에 '37'로 수록. 초출과『다다이스토신키치노시(ダダイスト新吉の詩, 다다이스트 신키치의 시)』에서는「접시(皿)」와「요리사(料理人)」와 함께 무제의 연작으로 수록되었으나, 이후 다른 시집에서 '소녀의 얼굴'이라는 제목이 붙여졌다.

⬚ **요리사(料理人)**

1923년 2월『다다이스토신키치노시(ダダイスト新吉の詩, 다다이스트 신키치의 시)』의『센큐햐쿠니주이치넨슈(一九二一年集, 1921년집)』에 '50'으로 수록. 이 작품 역시 다카하시 신키치가 식당에서 요리사의 조수로 일할 때 쓰인 작품으로, 요리사에 대한 환상으로 시작해 결국엔 자포자기하는 심정의 절규로 끝나고 있다.

접시

접시접시접시접시접시접시접시접시접시접시접시접시접시접시접시
　　접시접시접시접시접시접시접시접시

권태

이마에 지렁이가 기어가는 정열

백미색의 앞치마로

접시를 닦지마라

콧구멍이 검은 여인

거기에도 해학이 검게 묻어나 있다

인생을 물에 타서

식은 시츄 냄비에

지루함이 뜬다

접시를 깨라

접시를 깨면

권태의 울림이 나온다.

귀머거리

달팽이는 외청도를 걸어가고 있었다
고막 속에서 누군가 나왔다
작년 죽은 게 분명한 지렁이었다
앞마당으로 들어가버렸다
만나는 것이 수줍었을 테다

졸자는 태어난 적도 없거니와
태양을 핥은 적도 없다

소녀의 얼굴

소녀의 얼굴은 바닷바람에 차가웠다
노래하는 목소리는 갈라진 목소리였다

산은 불타고 있었다

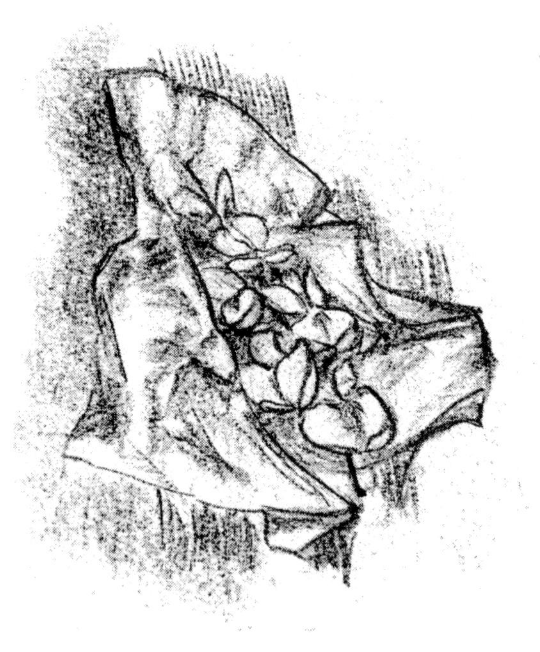

요리사

요리사의 손가락이 늘어져 있다
접시닦이의 코가 흘러내리고 있다
잔반 생활은 접시 없이
파 냄새
부엌칼의 질시
그을릴 것은
그을러라

도야마 마사카즈(外山正一)

발도대(拔刀隊)

■ **도야마 마사카즈(外山正一, 1848~1900)**

메이지시대의 사회학자이자 교육자. 문학박사로 호는 추잔(丶山).

도쿄제국대학(현 도쿄대학) 문과대학장·총장, 귀족원 의원, 문부대신을 역임했다.

1873년 미시간대학에 입학하여 철학과 이학을 전공해 1876년 귀국하였다.

귀국 후에는 관립도쿄개성학교(官立東京開成学校) 교수로 취임하였고, 1877년 관립도쿄개성학교가 도쿄 대학(후의 도쿄 제국 대학)으로 개편되면서 일본인 최초의 교수가 되었다.

일본어의 로마자화 추진을 위해 「로마자회(羅馬字会)」를 결성해 한자나 가나의 폐지를 주장하였다. 이후 연극 개량운동에도 참가하였고, 여성 교육의 충실과 공립도서관의 정비 등 메이지의 교육문화 활동에 큰 활약을 하였다.

☆ **발도대(抜刀隊)**

초출은 1883년 발간의 『도요가쿠게이잣시(東洋学芸雜誌, 동양학예잡지)』 제8호. 초출의 제목은 「발도대의 노래」.

'발도대'는 1877년에 일어난 세이난(西南)전쟁 당시의 관군조직으로, 이 노래는 그들의 활약상을 표현하고 있다. 다바루자카(田原坂) 언덕에서 벌어졌던 전황을 타개하기 위해 100명 남짓의 돌격대가 급히 편성되었다. 최첨단의 근대무기가 아닌 일본도를 찬 남성들이 세간의 주목을 받았던 이유로 이 전투의 특징을 들 수 있다.

「발도대」는 일본 최초의 군가로 칭해지기도 하는데 1885년 히비야 로쿠메이칸(日比谷鹿鳴館)에서 발표되었고, 이후 2차 세계대전 종전까지 일본 육군이 공식적으로 사용하고 있던 분열 행진곡의 일부로 사용되었다.

발도대

우리는 관군 우리의 적은
절대 용서할 수 없는 조정의 적이다
적의 대장되는 자는
고금에 걸쳐 다시 없을 영웅으로
그를 따르는 병사는
하나같이 죽음을 두려워 않는 용맹한 자
귀신에 버금가는 용맹함 있으나
천하에 용서 못 할 반역을
일으킨 자는 예부터
성공한 예가 없느니
적이 멸할 그때까지
나아가자 나아가 제군들이여
보석 같은 검 빼어 들고
죽을 각오로 나아가야 한다

황군의 바람과 무사는
그 몸을 지키는 혼
유신으로 부서진
일본도를 지금 다시
또 세상에 나가는 이의 명예

적군 아군 할 것 없이
칼날 아래 스러지리
야마토혼 있는 자의
죽을 때는 지금이라
타인에 뒤처져 치욕 당하지 마라
적이 멸할 그때까지
나아가자 나아가 제군들이여
보석 같은 검 빼어 들고
죽을 각오로 나아가야 한다

앞을 보면 검
우도 좌도 모두 검
검의 산을 오르는 것은
미래의 일이라 들었건만
이 세상에서 보게 되니
검의 산을 오르는 것도
내 지은 죄업을
멸하기 위한 것 아니고
적을 정벌하기 위해서니
검의 산이라고 별것이랴
적이 멸할 그때까지
나아가자 나아가 제군들이여
보석 같은 검 빼어 들고

죽을 각오로 나아가야 한다

검의 빛은
구름 사이로 보이는 번개인가
사방으로 퍼지는 포격소리는
하늘에 울리는 천둥인가
적의 칼날에 스러진 자여
적의 총알에 부서진 생명의
쓰러져 무덤 없이 사라진 자의
시신은 쌓여 산을 이루고
그 피는 흘러 강을 이룬다
사지에 드는 것도 제군을 위함이다
적이 멸할 그때까지
나아가자 나아가 제군들이여
보석 같은 검 빼어 들고
죽을 각오로 나아가야 한다

비처럼 쏟아지는 탄환 사이에도
하나뿐인 목숨 아끼지 않고
나아가는 나의 몸은 폭풍우에
휩쓸려 사라지는 하얀 이슬의
무덤 없는 최후를 맞이하여도
충의를 위해 죽는 자의

죽음의 의미가 있다면
죽어도 여한은 없다

내로라하는 이들은
한 발짝도 물러서지 마라
적이 멸할 그때까지
나아가자 나아가 제군들이여
보석 같은 검 빼어 들고
죽을 각오로 나아가야 한다

나 지금 여기에서 죽고자 함은
군주와 나를 위함이다
버려야 할 건 목숨
가령 시체가 썩어도
충의를 위해 버리는 몸
이름은 먼 후세에 남아
영원히 전해지리
무사로 태어난 보람도 없이
의리 없는 개라 부르지 말라
비겁자라 욕하지 마라

09

도이 반스이(土井晩翠)

▌도이 반스이(土井晩翠, 1871~1952)

센다이(仙台) 출신으로, 일본 메이지·다이쇼 시대의 대표적인 시인이자 번역가, 영문학자이다. 본명은 도이 린키치(土井 林吉)이다.

근대 일본 시 발전에 큰 영향을 준 인물로, 특히 서양식 시 형식을 일본어 시에 도입한 것으로 유명하다. 도이 반스이의 남성적인 한시풍(漢詩風)의 특징은 시마자키 도손(島崎藤村)의 여성적이고 서정적인 시풍과 대비되어 "도반 시대(藤晩時代)"로 불렸다.

그는 일본 근대문학 형성기에 활동하며 서양 낭만주의 시의 영향을 받은 일본 근대시를 발전시킨 인물로, 특히 셰익스피어 등 서양 문학 번역에도 기여했다.

대표적인 작품은 자연과 인간 감정을 노래한 낭만적 시집『덴치유조(天地有情, 천지유정)』(1899), 애국적·역사적 정서를 담은 시『교쇼(曉鐘, 효종)』(1901), 대표 시집으로 소네트(14행시) 형식을 사용한『아리아케슈(有明集, 아리아케집)』(1908) 등이 있다.

〇 성락추풍 오장원(星落秋風五丈原)

도이 반스이가 지은 대표적인 역사 서사시로, 1899년 간행된 시집『덴치유조(天地有情, 천지유정)』에 게재되었다. 중국 삼국시대 촉나라의 명재상 제갈량의 죽음을 소재로 한 작품이다. 오장원은 제갈량이 죽은 중국의 지명을 의미한다.

오장원 전투를 배경으로 위나라와 전쟁 중 병으로 죽게 된 촉나라 재상 제갈량의 죽음을 영웅의 죽음과 역사적 비극으로 장엄하게 묘사하고 있다.

중국의 고전시와 같은 웅장한 한시풍으로 표현하고 있으며, 전쟁, 영웅, 역사 주제를 다루며 비극적 영웅을 서사하고 있다. 일본에서 삼국지 영웅을 소재로 한 대표적인 시로, 근대 일본 시에서 서사적 역사시의 대표작으로 꼽히기도 한다.

〇 황성의 달(荒城月)

옛날 번성했던 성과 무사들의 시대가 지나가고 폐허만 남은 모습을 통해 시간의 흐름과 인간사의 허무를 표현한 시이다. 시집에 수록된 바는 없다.

이 시에서는 한때 권력을 쥐었던 권력가들의 쇠퇴속에 역사의 무상함을 그리며, 세월의 흐름 속에 황폐해져 가는 모습을 자연과 인간의 역사를 대비하여 잘 표현하고 있다.

영원히 반복되어 나타나는 달빛 아래 폐허가 된 채 서있는 성을 그림으로써 사라진 권력과 역사를 되돌아 보게 한다.

성락추풍 오장원

(1)

기산(祁山)의 슬픈 바람 깊어가니
어두운 구름 드리운 오장원(五丈原, 우장위안)
찬 이슬 무성하게 맺혀
풀은 마르고 말은 살찌는데
촉군의 깃발 빛을 잃어
고각 소리도 지금은 고요하다.
승상의 병 깊구나.

청위의 흐르는 물 마르고
목메어 우는 비정한 가을의 소리
밤이면 관산(關山)의 바람 울고
어둠에 길 잃은 종소리
찬 바람 찬 서리의 위엄
지키는 제당의 울타리 밖.
승상의 병 깊구나.

장막 안에서 살짝 잠드니
낮게 걸린 등불 희미하게
여기에도 가을 빛이 깃든다

은갑(銀甲)으로 단단히 무장해도
보라 호위병 얼굴에
무한한 근심 넘치는 것을.
승상의 병 깊구나.

풍진 떨치고 3척의
검(劒)은 빛 바라지 않아도
가을에 상처 입으면 송백의
빛도 저절로 바라는 것을
한(漢)의 기병 10만 이제 새삼
고향의 꿈을 꾼다.
승상의 병 깊구나.

꿈에도 잊지 못할 군왕의
임종의 말씀 삼가 받들어
속을 태우고 이 한 몸 다 바쳐
고난 속 충성 몇 해이던가
지금 낙엽에 듣는 빗소리
거목 한 차례 쓰러지면
한 왕실의 운명 과연 어찌 될까.
승상의 병 깊구나.

사해의 파란 잠들지 않아

백성은 괴롭고 하늘은 운다
언젠가는 보리라 태평성세
마음 한가로이 봄날의 꿈
군웅들 일어나 하나같이
중원의 자리 다투지만
누가 왕의 가르침을 배우리.
승상의 병 깊구나.

결국 황하의 물 탁해지고
3대의 근원 멀어져
이윤(伊尹)과 주공(周公)의 흔적 지금 어디에
길은 쇠하고 학문은 쓰러져
관중(管仲) 떠나고 900년
악의(樂毅) 죽은 지 400년
누군가 왕의 치세를 그리워하리.
승상의 병 깊구나.

(2)
아아 남양의 오랜 초려
20여 년 옛날의
꿈은 참으로 평안하였다
빛을 감싸고 향기 감추니
들의 농부들과 어울리면

왕을 보좌할 재능 넘치는 자도
그저 한 곡의 량부음.

한가한 구름 들의 학 하늘을 가르고
바람에 날리는 몸은 외로이
달을 호수 위에 부수고는
파도 가르는 배 한 척
저녁 종소리에 이끌려
찾은 곳은 산사의 소나무 그늘.

강산이 얼어붙는 새벽녘의
당나귀를 끌고 가는 눈길 위
겨울 매화는 지고 봄은 서두르니,
보랏빛 구름 출렁이는 동굴 속
누구인가 장기 둘 벗은.

그 융중(隆中) 위의 별천지
하늘의 저편 우러르면
도둑들 다툼이 만연하여
황망히 영화를 좇는데
바람에 날린 낙엽 쓸며
치국흥망을 생각하니
세상은 장기 한판과 같도다.

세상을 다스리고 구하는
경륜 가슴에 넘치거늘
영리를 속되게 좇지 않으면
언덕도 와룡의 이름을 등에 업고,
어지러운 세상에도 꽃은 피니
꽃 다시 지면 봄가을
바뀌기를 이제 스물일곱 해.

숨은 잠 이내 끝이 나고
신의는 사해에 넘치니
주군의 세 번의 방문을
주신 끝에 지기의 은혜
깃털 부채 윤건 쓰고 가벼이
옷차림 갈아입고 나가니
초려 내일의 주인은 누구인가.

함께 거문고 타던 친구여 안녕,
새벽녘 싸늘한 서쪽 창의
희미한 잔월의 그림자여 안녕,
백학 돌아가는 봉우리의 소나무
푸른 원숭이 잠드는 골짜기의 다리
언덕도 바뀌겠구나 와룡의 이름

초려 내일은 주인도 없다.

가슴 속에 세워둔 계책 있으니
하늘과 땅에 남을 한판 장기
그저 손바닥 위에 가리키듯이
셋으로 나눈 계략 이루어지면
보라, 구천에 구름 드리우고
사해의 물은 모두 일어나
교룡은 연못 밖으로 날아오르리.

(3)
영재들 구름처럼 몰리는
세상에 없을 거대한 봉황 하늘 높이
비상하는 구름과 벗하여 따르니
동쪽 신야의 여름 풀
남쪽 노수의 가을 물결
융마관산 몇 해런가
바람에 이는 어두운 먼지 속에서
세운 공 얼마이런가.

강릉 떠나 향하는 곳은
무창 하구(夏口)의 가을 진영
한 척 작은 배 노 저어가

세 치 혀로 오나라 설득하니
보라, 강바람 휘몰아치고
불길 어지러워 간웅의
웅대한 계책 깨지 못하는 파도 거칠다.

검각(劍閣) 하늘 찌를 듯 높고
바람은 울부짖고 구름 흩어져
쇠북을 울리며 십만의
용맹한 장수들 성도성을 포위했네
한중 이윽고 함락하였으니
삼분(三分)의 기틀 굳어졌구나.

정군산 안개 걷히고
면양을 건너는 달은 빛나니
붉은 징조 다시 세상에 나와
흥해야 할 한의 운,
고굉의 목숨 다하였으나
양양을 결국 지키지 못하였으니
옥천산의 저녁 어스름
한은 긴 구름 빛과 같도다.

북으로 중원을 바라보니
면류는 먼지로 더럽혀지고

태양도 그 빛을 잃었구나
그렇다면 한가의 일파이신
우리 군왕을 받들어
천자의 자리에 모셔야 하느니
하늘의 운이 이에 달해
때는 건안 스물여섯 해
상서로운 별 빛나고 금강의
흐르는 물 위로 비추는 꽃 그림자.

꽃 피는 봄이 되고
여름날 화봉(火峯)의 구름이 떨어져
어림의 진영을 태워 없앨
사십여 군영은 어디로 갔는가
운우황대 꿈꾸지 못하고
우산[巫山] 너머 가을은 추운데
이름도 백제(白帝)라 지은 성안에
어가 머무는 건 언제까지일까.

삼협의 길 참으로 먼데
밤의 영안궁(=백제성)에 내리는 비
울며 귀 기울였을 용탑에
주군의 임종 시 말씀에 따라
참노라니 먼 옛날

세 번 찾으시어 벗으로 여겨주신
중하고 두터우신 주군의 은혜
여러 왕이 아버지로 받드니
상념은 밤 깊도록.

변방에는 멀리 구름 갈리고
오랑캐 땅에도 비는 한없이 내리니
불모의 땅으로 공격해 들어가면
어두운 노수의 한밤의 달,
묘책은 세상에 비할 바 없고
지혜와 인자함을 겸비하시니
남쪽 오랑캐 몇 번이고 크게 놀라
주군을 숭앙하여 '신'이라 하네.

(4)
남방 이미 평정되니
병사들은 정예하고 양식은 충분하다,
군왕의 뜻을 이어받아
이제 간적을 물리칠 때,
강한과 상무의 옛날
예를 지금 다시 본다
건흥 오년 열린 하늘,
날은 따뜻하니 대장기의

용과 뱀도 움직이는 봄의 구름,
말은 힘 넘치고 장병은 용맹스러운
삼군의 장수를 따라
중원의 북쪽으로 나아가네.

여섯 차례 오른 기산 위
바람과 구름 가고 깃발 휘날리니
천지 요동케 하는 한의 군대,
편사 절도를 어겨
가정의 패배를 어찌 하리오,
고래 포효하고 파도 노하니
거친 바람에 풀은 스러지네
십만의 왕사 가을 깊을 제
무도와 음평을 평정하고
위남의 강가에 섰네.

적 막을 자 누구인가
중원에 한 사람 기개 있어
병법이 뛰어나고 세밀하니
그에 대항할 방도 없구나
차마 받지 못할 선물을 보내어
여인의 옷과 머릿수건으로 놀려 보았으나
진을 굳게 지켜 손을 맞잡으니

위군의 수비 깨뜨릴 방도 없네

큰 업적 이루어야 하거늘
그때를 하늘은 주지 않고
출사 와중에 병증이 찾아왔네,
세 번 찾아주신 옛날부터
꿈에도 잊지 못한 주군의 은혜
답하고자 애쓰는 마음을
보이기라도 하듯 토하는 붉은 피는,
건흥 열세 번째 해 한가을
승상의 병은 깊어가네.

(5)
위군의 진영도 조용한 가운데
오장원의 밤은 고요하고,
몸 일으키지 못하는 지금도
단심은 나라를 잊지 못하고,
병 무릅쓰고 몸을 일으켜
장막을 올리며 밖으로 나오니
한밤중의 넓은 하늘엔 구름도 없구나.

조두는 소리도 없고 이슬 떨어지니
깃발은 찬 바람 속,

삼군 일제히 흐느낌을 삼키며
삼가 맞이하는 대군사,
깃털 부채 윤건 걸친 몸 식어가니
너무도 상하고 병든 몸을
무정한 밤바람은 알까.

여러 영루 빠짐없이 돌아보니
수레는 조용히 힘겹게 나아가고,
북두와 남두는 하늘 아래 열려 있고
산하는 이어진 땅의 진영,
검은 빛나고 그림자 선명하니
끝없이 내리는 한밤의 서리.

아아, 진두에 나타나
적과 다시 만날 날 언제런가,
기산의 봉우리로 말 달려
마음은 바람 앞에 용맹하니
왕사 곧장 북쪽을 가리켜
중원 한복판에서 말에게 물 먹이길
원했으나 이제 그도 허망하구나,
가슴 속에 백만 대군 있고
휘하에 삼천 장군 충분해도
어스름 새벽녘을 어찌할 수 없네.

성패는 마침내 하늘의 명
만사 미리 꾀할 수 없느니,
옛 도성에 다시 수레 맞이하여
기린각 오래도록 이름을 전하는
봄날 옥루에 핀 꽃 빛
공을 세우고 남양 돌아가
벗들과 음악과 독서를 즐기는
그 꿈은 이제 허망하게 사라지는가.

주군의 은혜 이 한 몸 죽어 갚으니
새삼 아까울 게 무엇인가
한의 운은 끝내 어찌 될까,
옛일 돌이키며 뒷일 헤아리는
끝없는 생각 무한한 정,
남쪽 성도의 하늘 어떠할는지
옥루 이제 가을 깊어지니
금강의 물 마르지 않도록,
철마가 폭풍처럼 우니
검관의 구름 잠들어야 하리.

밝으신 주군의 뜻 한 몸에 받았으니
뜻밖에 세 번 찾으신 은혜에

옛 초당을 박차고 떠나왔으나,
아아 이윽고 봉황도 스러지니
이제 초광(접여)의 노래도 있고,
인생의 의로운 기운 느끼니
일의 성패 누가 논할까.

일의 성패를 누가 논할까
한 목숨 바치려는 이 몸의 진실,
바라보니 은하의 그림자 선명하다
무수한 별빛 짙고,
빛이 비치건 말건 영웅의
괴로운 마음 외로운 충심은 하나
그 장렬함에 감복하여
귀신도 통곡하는 가을바람.

(6)
귀신도 통곡하는 가을바람,
위수의 강변 위로 가서
사나이 남은 한을 찾아,
세상의 처음 끊일 새 없는
끝없는 폭풍 지나갔으니
들에는 한창 이슬 내리고
세상은 북망의 무덤 높아라.

난초는 이슬에도 지지 않고
계수나무 서리 맞아도 꺾이지 않네
안개에 싸인 꽃의 색
벌과 나비 풀 그늘에서 잠드네
색깔도 향기도 사그라드니
인정도 세상사 가을과 같구나.

군웅은 하나둘 쓰러지고
웅대한 계책은 갈매기 떠나듯 하니
산하는 가을 색,
영화성쇠와 같다
허무한 하늘로 사라지면
세상은 일장춘몽.

공격받던 쪽도 공격하던 쪽도
이제 여기서 뒤돌아보니
너도나도 석양의 산 위 구름
바람에 흩날려 흩어지듯이,
사소한 싸움을 하는
달팽이의 비유를 떠올리면
세상사 그와 같구나.

금관 속에 재를 묻고
어수의 약속 논하던 군왕도
이제는 저승의 밤손님
중원 북쪽을 바라보면
동작대의 봄 달
이제는 구름 사이 다른 그림자,
장강의 남쪽 건업의
꽃이 무성함도 언제까지인가.

오호장군은 지금 어디에,
신과 같던 강남의
그 영재 지금 어디에,
북쪽 위수 일대를 지켰던
사마천 그도 언제까지인가
감격하여 아득하니
듣노라 위군의 밤 진영에
저 멀리 들려오는 슬픈 노래.

더 푸른 하늘 위
조용히 비추는 별빛
희미한 빛 바라보니
신비는 깊고 잡다한 세상
덧없고 무한한 대양에

스며드는 노래 그 끝은
어느 바닷가에 떠오를까
천 갈래 어두운 대양의
저 깊은 곳 백옥 누가 얻을까
아득한 경계는 끝도 없고
귀신의 흔적을 누가 보는가.

아아 오장원 가을의 한밤
폭풍 울부짖고 이슬도 흐느껴
은하는 맑고 별은 높아
신비로운 빛깔에 감싸여
천지가 희미하게 빛날 때
무량의 생각이 일어나
무한의 심연에 서서 보라,
공명은 어차피 꿈결
스러지지 않는 것은 다만 성심,
마음 다하고 몸 바쳐서
성패를 하늘에 맡기고
혼은 멀리 떠나간다
높고, 위대하고, 비할 바 없어라
'비운'을 그대여 하늘에 감사하라
역사에 비춰보니
관중과 악의 그 누가 이기리오

이려(伊呂, 이윤과 여상)의 백중 보노라니
‘만고 하늘의 한 마리 새’
천인을 비상하는 봉황의 그림자,
초려에 용이 누웠으나
사해에 나와 용은 날았네
천년의 끝 지금도 여전히
그 이름 드높다 제갈량.

황성의 달

봄날 높은 누각의 꽃의 연회 ·····
도는 술잔에 그림자 어리고
천년송 가지 사이로 비치던 ·····
·····

옛날의 빛은 지금 어디에

가을 군영에 서리 내리고 ·····
·····

울며 날아가는 기러기 헤아리네
짚고 선 칼날에 비추이던 ·····
·····

옛날의 빛은 지금 어디에

지금 황성의 밤 달빛 ·····
·····

변함없는 빛은 누구를 위함인가
성곽에 남은 것은 칡덩굴 ·····
·····

소나무에 노래하는 건 그저 바람뿐

천상의 모습은 변함없건만 ⸻⸻⸻⸻⸻
영고(榮枯)는 변하는 세상 모습
지금도 여전히 비추고자 하네 ⸻⸻⸻⸻⸻
아아 황성의 밤 달

모리 오가이(森鷗外)

▌ 모리 오가이(森鷗外, 1862~1922)

메이지·다이쇼 시대를 대표하는 소설가, 번역가, 군의관, 지식인으로 일본 근대문학 발전에 큰 영향을 준 인물이다. 본명은 모리 린타로(森林太郎)이다.

현재의 시마네현(島根県) 출신으로 도쿄대학교 의학부를 졸업하여 육군 군의관이 되었으며, 육군성 파견 유학생으로 독일에서 약4년 동안 군의로 근무하며 유학 생활을 했다. 이를 토대로 번역시집『오모카게(於母影, 형상)』, 소설『마이히메(舞姫, 무희)』, 번역작품『솟쿄시진(即興詩人, 즉흥시인)』을 발표하였다. 만년에는 역사소설『아베이치조쿠(阿部一族, 아베 일족)』,『다카세부네(高瀬舟, 다카세배)』등을 집필하였다.

일본 근대문학에서 나쓰메 소세키와 함께 일본 근대문학의 양대 거장으로 평가되기도 한다.

모리 오가이는 서양 문학과 사상을 일본에 소개하며 인간의 윤리와 지식인의 고민을 다룬 일본 근대문학의 대표 작가라고 할 수 있다.

▣ 갑판 위의 한낮 - 같은 날 하치만마루에서(でつくのひる—同日八幡丸にて)

1907년 출판된 시가집 『우타닛키(うた日記, 노래일기)』에 수록. 모리 오가이가 러일전쟁에 종군할 당시, 히로시마의 우지나(宇品)항에서 출항하던 1904년 4월 21일 지은 시.

▣ 버튼(扣鈕)

1907년 출판된 시가집 『우타닛키(うた日記, 노래일기)』에 수록.

이 시에서의 버튼은 양복이나 와이셔츠의 커프스버튼을 말한다. 이 시는 전쟁 속에서 개인의 기억과 감정을 상징적으로 표현한 작품으로, 모리 오가이의 청일전쟁 체험과 인간적인 내면을 보여주는 대표적인 시 가운데 하나이다.

라오둥반도, 특히 남산 전투를 배경으로 전쟁 중 군복의 금빛 단추 하나를 잃어버린 일을 떠올리는 것을 그렸다. 금빛 단추는 20년 전 베를린에서 구입한 것으로, 시간의 흐름과 함께 사람들도 늙고 자신도 삶의 기쁨과 슬픔을 경험하게 되는 것을 그렸다.

전쟁의 거대한 비극 속에서도 인간은 개인적인 추억과 감정을 느끼는 인간의 모습을 담아내고 있다. 여기에서 단추는 젊은 시절의 추억이자 낭만을 나타낸다.

버튼을 통해 인생과 시간을 표현하고 있다.

◯ **출항의 오후(出航の午後)**

고요하고 평화로운 정오의 바다를 배경으로 출항 준비 속에서의 움직임과 조용한 인간의 나른한 감각을 대비하여 나타내고 있다.

밧줄 끝이 흔들리는 순간이 보여주는 잔잔한 생동감은 고요한 정오의 항구에서 느껴지는 평화롭고 섬세한 순간의 아름다움을 잘 표현하고 있다.

갑판 위의 한낮—같은 날 하치 만마루에서

하늘은 맑고 해는 밝게
마치 거울처럼 넓은 바다를
배는 풍요롭게 미끄러지듯 간다

바람 잔잔하여 한낮은 고요하고
등나무 침대는 기분 좋아
눈꺼풀이 무거워진다

움직이는 것 하나 없고
보트를 매단 기둥 위로
두 선원이 오르고

눈을 감았다가 다시 떴다가
햇살에 반짝이는 하얀 페인트
선원이 그리는 붓 끝의

버튼

남산의 전투날에
커프스의 황금버튼
하나를 떨어뜨렸네
그 버튼 아까워라

베를린 도심의 큰길
파샤쥬 전등불 파란
가게에서 샀다
정말 좁은곳에서

견장 빛나는 친구
황금빛 머리 흔들던 소녀
벌써 늙었네
죽기도 하였네

스무살 신세의 부침
기쁨도 슬픔도 안다
소매의 버튼이여
한쪽 날개가 되었네

남성으로 옥쇄하여
충분히 그것도 아깝지만
이것도 아까운 버튼
몸에 붙어있던 버튼

출항의 오후

하늘 맑고 날은 환하네
거울처럼 넓고 넓은 바다를
여유있게 범선은 미끄러져 가네

바람은 잔잔해지고 고요한 정오
등나무 잠자리는 기분이 좋아
눈꺼풀이 무거워지고 말았네

움직이는 것은 끝없고
돛을 올리는 기둥으로
뱃사람 두사람이 올라간다

돛대를 감고 다시 풀고
햇빛에 빛나네 하얀 페인트
뱃사람이 흔드는 올가미 끝

무로 사이세이(室生犀星)

작은 풍경 다른 정취(小景異情)
고향(ふるさと)
3월(三月)
쓸쓸한 봄(寂しき春)
봄(はる)
절의 마당(寺の庭)

▌ 무로 사이세이(室生犀星, 1889~1962)

　이시카와현(石川県) 가나자와 출생. 본명은 무로 데루미치(照道)이고, 사이세이는 호. 일본의 시인이자 소설가. 무로 사이세이는 의붓어머니의 내연남이었던 무로 신조(室生真乗)가 주지승으로 있던 절에서 자라다 7세에 무로 성을 얻어 양자가 된다. 학교에서도 반항적이다가 결국 고등소학교 때 중퇴하는가 하면 가나자와재판소의 급사로도 일한 바 있다. 그 와중에 하이쿠(俳句)를 배우며 시인으로서의 자질을 키웠다. 스무살에 상경한 후 많은 시를 짓기 시

작하였다. 작품으로 『아이노시슈(愛の詩集, 사랑의 시집)』(1918), 『죠조쇼쿠쿠슈(抒情小曲集, 서정소곡집)』(1918), 『세이니메자메루코로(性に目覚める頃, 성에 눈을 뜰 무렵)』(1933) 등이 있다.

▢ 작은 풍경 다른 정취(小景異情)

초출은 1913년 5월 출판된 『잔보아(朱欒, ザンボア, 자몽)』에 게재됨.

5·7음의 리듬의 문어조 시로 되어 있다. 시인이 과거와 미래를 노래한 연작시이다.

시의 배경으로는 복잡한 가정환경 때문에 일찍이 인생의 고독을 알게 되었고, 애정에 굶주려 있었다. 문학을 지향하여 상경했지만, 방황과 가난한 생활로 뜻을 이루지 못하고 고향에도 돌아갈 수 없던 상황에서 창작된 시로 여겨진다. 그리운 고향을 가슴에 담은 채로 도쿄에서 문학자로서 노력하려는 결의가 잘 담겨져 있다.

2연에서는 그리운 고향에서의 추억을 가슴에 담은 채로 도쿄로 돌아가야 하는 마음을 노래하고 있다.

▢ 고향(ふるさと)

짧은 시이지만 고향에 대한 애정, 생명의 탄생, 봄의 이미지를 통해 따뜻한 정서를 전달하는 작품이다. 이 시는 고향의 자연, 봄의 생명력, 따뜻한 정서와 희망을 담아 눈이 녹고 새싹이 돋아나는 장면을 통해 고향의 따뜻한 생명력과 새 출발의 느낌을 표현하고 있다. 시간적 흐름을 겨울에서 봄으로 이동시켜 자연의 순환을 보여주고 있으며, 특히 "나무 새싹에 연한 녹색"의 문구를 반복 표현하는 것을 통해 리듬감있게 생명의 소중함과 탄생의 기쁨을 강조하고 있다.

⦿ **3월(三月)**

봄의 풍경 속에서 덧없음과 상실의 감정을 표현한 서정시이다. 봄에 변화되어가는 자연을 묘사하며 사라지는 것들에 대한 슬픔과 인간의 감정을 담고 있다. 사라지는 것의 덧없음과 상실에 대한 슬픔을 봄이 시작되는 3월의 아름다운 풍경 속에 슬픔과 허무를 그려내고 있다.

특히 눈을 손으로 잡으려 하지만 사라지는 것을 묘사하여 인생의 덧없음과 인간의 욕심 그리고 붙잡을 수 없는 시간과 기억을 표현하고 있다.

⦿ **쓸쓸한 봄(寂しき春)**

1918년 「3월(三月)」과 「고향(ふるさと)」과 함께 시집 『죠조쇼쿄쿠슈(抒情小曲集, 서정소곡집)』의 제1부에 수록. 초출은 1914년 4월 『아라라기(アララギ, 사철나무)』로, 당시 제목은 「유채씨 밭」이었다. 이 시는 군마현(群馬県)의 마에바시의 하기와라 사쿠타로(萩原朔太郎)를 방문해 짧게 머물렀던 시기에 지어진 시로 알려진다.

1연에서는 물이 떨어지는 것을 연상시키는 "방울방울"이라는 시어를 가져다 '햇볕'을 표현하고 있다.

4연에서는 에치고산 건너편의 고향을 표현함으로써 고향에 대한 그리움을 담고 있다고 할 수 있다.

⦿ **봄(はる)**

1918년 1월 『아이노시슈(愛の詩集, 사랑의 시집)』에 수록. 초출은 1916년 4월 시카(詩歌, 시가)』.

이 시가 수록된 『아이노시슈(愛の詩集, 사랑의 시집)』에는 사랑과 행복을 모든 이에게 미치길 바란다는 이상이 담겼다고 볼 수 있다.

□ **절의 마당(寺の庭)**

1918년『죠조쇼쿄쿠슈(抒情小曲集, 서정소곡집)』에 수록. 초출은 미상.

결코 행복하지 못했던 어린 시절을 보낸 절(우호인_雨宝院)을 노래한 시이다. 시인은 자전적 소설에서 "행복하지 않았던 집에서 살짝 한 걸음만 밖으로 내밀면 언제나 마당이 있었다"고 회상하는 것으로 보아, 어린 나이에도 '슬픔을 아는' 그에게 절 마당은 어쩌면 안식을 주는 공간이었는지 모른다.

작은 풍경 다른 정취

그 하나,
뱅어는 쓸쓸해라
그 검은 눈은 뭐라고 할 수 없는
특별한 가련함인가
밖에서 말린 점심밥을 준비한다
나의 서먹서먹함과
쓸쓸함과
듣고 싶지 않지만, 종종 참새가 울고

그 둘,
고향은 멀리 있다고 생각하는 것
그리고 슬프게 우는 것
설령
근심 걱정으로 이토의 거지가 되어도
돌아갈 곳은 아니니
홀로 도회의 황혼녘에
고향을 생각하며 눈물 머금네
그런 마음을 가지고
먼 고향에 돌아갈까
먼 고향에 돌아갈까

그 셋,
은시계를 잊었네
마음이 서글프네
찰랑 찰랑한 강의 다리 위
다리에 엎드리어 울고 있네

그 넷,
내 영혼의 안에서부터
이른 봄의 싹이 트고
아무것도 하지 않지만
참회의 눈물이 복받친다
조용히 땅을 파내어
참회의 눈물이 복받친다

그 다섯,
무엇을 동경하여 시를 짓는가
동시에 열리는 매실, 자두
자두의 창백함을 몸에 걸치고
시골 생활의 평화로움
오늘도 어머니에게 혼나고
자두나무 아래에서 몸을 기대네

그 여섯,
살구여
꽃을 피워라
땅이여 빨리 빛나라
살구여 꽃을 피워라
살구여 불꽃처럼 빛나라
아아, 살구여 꽃을 피워라

고향

눈이 따뜻하게 녹아간다
보슬보슬 녹아간다
홀로 더욱 신중해져
부드럽게
나무 새싹에 숨을 세차게 내뿜는다
싹터라
나무 새싹에 연한 녹색
새싹터라
나무 새싹에 연한 녹색

3월

연하지만 창백하게 은빛으로
벚꽃도 주홍색으로 피는데
3월 싸라기눈이 계속해서 내리네

눈을 긁어모아 손에 잡으니
손에 잡자마자 녹아 사라진다
무엇을 슬프다고 말할 것인가
그대가 잃은 장갑에
눈도 희미하게 녹아간다

쓸쓸한 봄

방울방울 멈추지 않는 햇볕
우울하게 돌아가는 물레방아
파란 하늘에
에치고산도 보이네
쓸쓸하구나
하루 종일 말없이
들판에 나가 걷노라면
유채꽃은 물결을 이루고
지금은 어느새
정말로 쓸쓸하구나

봄

내가 항상 시를 쓰고 있으면
영원이 찾아와
이마에 뭔가를 문지르고 간다
손을 내밀어보지만
조금의 흔적도 남기지 않는 민첩한 녀석이다
나는 언제나 그 녀석을 보려고
초조해하며 애를 먹는다
시간이 점점 흘러간다
내 마음에 흔적을 남기고
나의 이마를 항상 섬뜩하게 하고 간다
하지만 나는 시를 멈추지 않는다
나는 역시 거리에서 거리를 걷고 있거나
깊은 진흙탕에 빠지거나 한다

절의 마당

흙은 맑고 윤택하다
털머위 꽃 피고
측은을 아는 나의 성장에
종 울리는 절의 마당

12

미야자와 겐지(宮沢賢治)

▌미야자와 겐지(宮沢賢治, 1896~1933)

이와테현(岩手県) 하나마키에서 출생. 시인, 동화작가. 불교신앙과 농민생활에 근거한 작품활동을 하며 고향인 이와테현을 모티프로 한 이상향을 '이하토부(いはどぶ)'라고 명명하며 이상향의 세계를 심상스케치하듯 작품을 그려냈다. 1909년 모리오카(盛岡)중학교에 입학하면서 기숙사에서 생활하였고, 광물채집과 별자리 관찰을 즐겨하였다. 중학3학년 때 이시카와 다쿠보쿠(石川啄木)의 영향으로 단가(短歌)를 지었다. 1915년 모리오카(盛岡)고등농림학교에 수석으로 입학. 고등학교 시절 학교 동인지『아자리아(アザリア,

철쭉)』를 발생하고 단가와 단편을 기고하였
다. 여동생 도시가 폐렴을 앓자 1919년까지
간병한 후 다시 이와테현 하나마키로 돌아왔
다. 이후 1920년 5월, 농림학교연구생 졸업.
12월부터 현재의 이와테현립 하나마키농업
고등학교 교사가 되었다. 1921년 12월호와 이
듬해 1월호의『아이코쿠후진(愛国婦人, 애국
부인)』에 동화「유키와타리(雪渡り)」를 게재
하였고, 그때 받은 원고료가 생애 유일한 원고

료가 되었다고 한다. 1922년 11월 결핵을 앓던 여동생 도시의 건강이 악화되
어 사망하였고, 그 시기의 시가「영결의 아침(永訣の朝)」이다. 시집으로는
1924년 4월 자비로 출판한『하루토슈라(春と修羅, 봄과 수라)』가 있고, 동화
집에『주몬노오오이료리텐(注文の多い料理店, 주문 많은 요리점)』(1923.12.)
이 있다.

◦ 서(序)

초출은 1924년 4월에 출판된『하루토슈라(春と修羅, 봄과 수라)』. 이 시집
의 모두에 실린 이 시는, 1922년 1월 6일에 시작되었는데 '1924년 1월 20일'자
로 끝나고 있다. 이는 미야자와 겐지 자신의 세계관과 문학관을 선언한 서론
이라 할 수 있다.

◦ 봄과 수라(春と修羅)

미야자와 겐지 생전에 유일하게 출판된 시집『하루토슈라(春と修羅, 봄과
수라)』(1924)에 수록. 목차의 제목 아래 "1922.4.8."이라는 날짜가 기록되어
있다. 이 시는 전체적으로 '봄'의 풍경과 '나는 하나의 수라'라는 자아발견의

심상이 교차로 전개되고 있다.

▢ 영결의 아침(永訣の朝)

초출은 1924년 4월에 출판된『하루토슈라(春と修羅, 봄과 수라)』. 시 마지막에 "1922.11.27."이라고 적혀 있는데, 이는 누이동생 도시가 사망한 날이다. 다만 사망한 날 당일에 이 시를 썼는지는 확실치 않다. 누이동생인 도시는 1922년 11월 27일 만 24세에 지병인 결핵으로 사망하였다. 이 작품은 사랑한 누이동생과의 영원한 이별에 대한 슬픔과 '새로운 출발=영결의 아침' 앞에 선 동생의 행복한 다음 생을 염원하는 시이다.

▢ 고별(告別)

『하루토슈라다이니슈(春と修羅第二集, 봄과 수라 제2집)』에 게재. "1925. 10.25."에 지은 것으로 추정됨.

겐지가 농학교 교직을 떠날 때 지은 시. 당시 농촌은 가난해서 미래가 불안정했던 제자들에게 공감을 가진 겐지는 교직을 맡았다. 당시 겐지는 생도들에게 각자의 재능을 인정하면서도 그 재능을 유지하는 것이 얼마나 어려운가를 설명하고 있다.

『신쇼스켓치하루토슈라(心象スケッチ 春と修羅, 심상스케치 봄과 수라)』만으로 끝나지 않고 이후 여러 심상스케치라 불리는 시를 남겼는데, 그는 생전에 이 작품들(1924.2.~ 1926.3.)을 모아 또 다른 시집을 출판하고자 구상 중이었다. 1928년 여름 시집의 「서(序)」를 써두었지만 안타깝게 출판까지 이르지 못하고 서거하였다. 『하루토슈라다이니슈(春と修羅第二集, 봄과 수라 제2집)』은 그의 사후에 출판되었다. 겐지는 여기에 농학교 교사 시절의 작품을 수록하고자 했었다.

이 시는 겐지가 하나마키(花巻)에서 투병 중이던 때 수첩에 기록했던 메모.

사이토 소지로(斎藤宗次郎)라는 인물을 모델로 하고 있는 시이다. 이 시에 묘사되는 인물은 타인을 위해 자신을 바치는 인간의 이상상 혹은 겐지 자신의 모습처럼 이해되기도 한다.

▢ 비에도 지지 않고(雨ニモマケズ)

일본 근대 문학에서 잘 알려진 시 중 하나로, 이상적인 인간상과 이타적 삶을 노래한 작품이다. 겐지가 추구한 불교적 삶과 인간애가 잘 드러나는 시로, 어떤 상황에도 흔들리지 않는 삶을 살고자 하는 인간의 정신력, 소박하고 절제된 생활 속에서의 불교적 수행자의 삶, 자신보다는 남을 먼저 생각하는, 타인을 위한 삶을 살고자 하는 시인의 겸손하고 이타적인 삶의 자세를 엿볼 수 있는 작품이다. 반복되는 구조와 간결한 구어체를 통해 인간의 이상적인 삶의 자세와 불교적 세계관을 담아내고 있다.

서

나라는 현상은
가정된 유기교류 전등의
하나의 파란 조명입니다
    (모든 투명한 유령의 복합체))
풍경 등 모두와 함께
깜빡깜빡 명멸하면서
명백하게 똑똑히 빛나는
인과교류 전등의
하나의 파란 조명입니다
    (빛은 남고 그 전등은 사라져)

이들은 스무두 달의
과거라 느끼는 방향에서
종이와 광질의 잉크를 이어
    (모두 나로 명멸하고
      모두가 동시에 느끼는 것)
여기까지 지켜온
그림자와 빛의 일단락마다
그대로의 심상스케치입니다

이들에 대해 사람과 은하와 수라와 성게는
우주먼지를 먹고 또는 공기와 소금물을 흡수하면서
저마다 신선한 본체론도 생각하겠지만
그것도 필경 마음의 한 풍경입니다
그저 명백히 기록된 이들의 경치는
기록된 그대로의 이 경치로
그것이 허무하다면 허무 자체가 이대로이고
어느 정도까지는 모두에 공통됩니다
　　(모두가 내 안의 모두이듯이
　　　모두 저마다의 안의 모두이므로)

그렇지만 이들 신생대 충적세의
거대하고 밝은 시간의 집적 안에서
바르게 비쳤을 이들의 언어가
고작 이 한 점에도 균일한 명암 안에
　　(혹은 수라의 10억 년)
이미 서둘러 그 조립과 성질을 바꾸고
심지어 나도 인쇄자도
그것을 바꾸지 않겠다고 느끼는 것은
경향으로는 있을 수 있습니다
대저 우리가 우리의 감각과
풍경과 인물을 느끼듯이
그리고 그저 공통으로 느낄 뿐이듯이

기록과 역사 혹은 지구역사라는 것도
그것의 여러 데이터와 함께
  (인과의 시공간 제약하에)
우리가 느끼는 것에 지나지 않습니다
아마도 앞으로 2천 년쯤 지났을 무렵에는
그 상당한 다른 지질학이 유용되고
상당한 증거 또한 차차 과거로부터 드러나
모두는 2천 년쯤 전에는
파란 하늘 가득한 무색의 공작이 있다고 생각하고
신진의 대학사들은 기권의 가장 위 상층
눈부신 빙질소 주변에서
훌륭한 화석을 발굴하거나
혹은 백악기 사암 층면에
투명한 인류의 거대한 발자취를
발견할지 모릅니다

모든 이들의 명제는
심상과 시간 그 자신의 성질로서
제4차 연장 속에서 주장됩니다

1924년 1월 20일

봄과 수라

심상의 회색 강철에서
으름덩굴은 구름을 휘감고
들장미 덤불과 부식한 습지
온통 온통 아첨하는 모양
　(정오의 관악보다 무성하고
　호박 파편이 쏟아질 때)
분노의 씁쓸함 또 우울함
4월 대기층 빛의 바닥을
침을 뱉고 이를 갈며 오가는
나는 하나의 수라다.
　(풍경은 눈물에 흔들리고)
부서지는 구름이 시야를 가리고
　영롱한 하늘 바다에는
　　수정처럼 투명한 바람이 오가고
　　　사이프러스(ZYPRESSEN) 봄의 일렬
　　　까맣게 빛의 입자를 들이마시고
　　　그 어두운 걸음에서는
　　　　하늘 높은 산 눈 쌓인 능선에 빛나는데
　　　　(아지랑이 물결과 하얀 편광)
　　　　진실한 말은 상실되고

구름은 흩어져 하늘을 난다
아, 빛나는 4월의 바닥을
이를 갈고 분노하며 오가는
나는 하나의 수라이다
(옥수의 구름이 흐르고
어디선가 우는 그 봄날의 새)
해가 푸르게 어른거리면
수라는 숲으로 울려 퍼지고
움푹한 어두운 하늘에서
검은 나무의 군락이 퍼지고
그 가지는 슬프도록 무성하다
모든 이중의 풍경을
상신(喪神)의 숲 나뭇가지에서
반짝이며 날아오르는 까마귀
(대기층 이윽고 맑게 개이고
편백나무도 조용히 하늘로 뻗을 무렵)
황금의 풀밭을 지나오는 자
틀림없이 인간의 모습을 한 자
도랑이 걸치고 나를 보는 저 농부
정말 내가 보이는 걸까
눈부신 대기권의 바다 거기에
(슬픔은 시퍼렇게 깊고)
사이프러스 조용히 흔들리고

새는 또 파란 하늘을 가로지른다
(진실한 말은 여기에 없고
　수라의 눈물은 땅으로 내린다)

새롭게 하늘을 향해 숨을 토하면
희끄무레한 폐는 오그라들고
(이 몸은 하늘의 티끌로 흩어져라)
은행나무 가지 다시 빛나고
사이프러스 이윽고 검게
구름의 불꽃은 쏟아진다

영결의 아침

오늘이 가기 전에
멀리 떠나버릴 나의 누이여
진눈깨비 내려 바깥은 묘하게도 밝구나
　　　(진눈깨비를 가져와 주세요, 겐지여)
불그스레 한층 음산한 구름에서
진눈깨비는 추적추적 내린다
　　　(진눈깨비를 가져와 주세요, 겐지여)
파란 순채잎이 새겨진
이 두 개의 이빨 빠진 사기그릇에
네가 먹을 진눈깨비를 뜨려고
나는 휜 쏜살같이
이 어두운 진눈깨비 속으로 뛰쳐나갔다
　　　(진눈깨비를 가져와 주세요, 겐지여)
창연한 빛을 띤 검은 구름에서
진눈깨비는 추적추적 내려앉는다
아아, 도시코
죽는다는 지금이 되어서
나를 평생 가벼이 해주려고
이토록 깨끗한 눈 한 사발을
너는 나에게 부탁했구나

고맙구나 나의 갸륵한 누이여
나도 올곧게 나아가리니
          (진눈깨비를 가져와 주세요, 겐지여)
지독한 지독한 열과 기침 사이에
너는 나에게 부탁했구나
은하와 태양, 대기권이라 불리는 세계의
하늘에서 떨어진 눈의 마지막 한 그릇을……
……두 조각 화강암에
진눈깨비는 쓸쓸히 쌓여 있다
나는 그 위에 위험하게 서서
눈과 물 사이의 새하얀 성질을 가진
맑고 맑은 차가운 물방울 가득한
이 반짝이는 소나무 가지에서
나의 상냥한 누이의
마지막 먹을 것을 받아 가련다

우리가 함께 자라오는 동안
눈에 익은 그릇의 이 쪽빛 무늬에도
이제, 오늘 너는 이별을 고하겠구나
(저는 저대로 혼자 가겠어요)
정말 오늘, 너는 이별을 고하겠구나
아아, 그 닫힌 병실의
어두운 병풍과 모기장 안으로

부드럽고 창백하게 불타고 있는
나의 갸륵한 누이여
이 눈은 어디를 택하든
참으로 어디나 새하얗구나
저토록 사납게 흐트러진 하늘에서
이리도 고운 눈이 내리는구나

　(다시 사람으로 태어날 때는
　　　이번엔 지금처럼 제 일만으로
　　　괴로워하지 않게 태어나렵니다)
네가 먹을 이 두 그릇의 눈에
나는 지금, 마음으로 기도한다
부디 이것이 천상계의 먹을 것으로 바뀌어
마침내는 너와 모두에게
성스러운 음식이 되기를
나의 모든 행복을 걸고 바란다

고별

말하지 않았지만
나는 4월이면 이미 학교에 없을 거야
아마도 어둡고 위험한 길을 걷겠지
그 이후 너의 지금의 힘이 무뎌져
아름다운 소리의 곧은 조화와 그 밝음을 잃고
다시 회복할 수 없다면
나는 너를 더는 안 볼 것이다

왜냐면 나는
약간의 일을 할 수 있고
그것에 걸터앉아 있는 듯한
그런 다수를 가장 싫어하기 때문이다

만일 네가
잘 들어봐
상냥한 한 소녀를 떠올리게 되는 그때
너에게 무수의 그림자와 빛의 이미지가 떠오른다
너는 그것을 소리로 나타낸다
모두가 마을에 살거나
하루 놀고 있을 때

너는 홀로 그 돌밭의 풀을 뜯는
그 쓸쓸함으로 너는 소리를 만드는 것이다
많은 모욕과 궁핍의
그것들을 곱씹으며 노래하는 것이다
만일 악기가 없다면
알겠니 너는 나의 제자인 것이다
힘 닿는 한
하늘 가득한
빛으로 만들어진 파이프오르간을 치면 좋으리

비에도 지지 않고

비에도 지지 않고

바람에도 지지 않고

눈에도 여름 더위에도 지지 않는

튼튼한 몸으로

욕심은 없이

결코 화내지 않고

언제나 조용히 웃고 있는

하루에 현미 네 홉과

된장과 약간의 채소를 먹고

모든 일을

자신의 감정에 좌우되지 않고

잘 분간하고 이해하여

그리고 잊지 않고

들판의 소나무 숲 그늘의

작은 억새 얹은 오두막에 살며

동쪽에 아픈 아이 있으면

가서 간병해 주고

서쪽에 지친 어머니 있으면

가서 그 볏단을 져주고

남쪽에 죽어가는 이 있으면

가서 무서워 말라고 말해주고
북쪽에 싸움과 소송이 있으면
하찮은 일이니 그만두라 말해주고
가뭄이 들면 눈물을 흘리고
냉해가 든 여름은 허겁지겁 걷고
모두가 멍청이라 부르고
칭찬도 안 받고
미움도 안 받는
그런 사람이
나는 되고 싶다

나무무변행보살
나무상행보살
나무다보여래
나무묘법연화경
나무석가모니불
나무정행보상
나무안립행보살

13

사이조 야소(西條八十)

카나리아(かなりや)
얼굴(顔)
나의 모자(ぼくの帽子)

▌사이조 야소(西條八十, 1892~1970)

도쿄도(東京都) 우시고메(牛込) 출생. 친가는 비누제조판매업. 와세다 대학 졸업. 일본의 시인, 작사가, 불문학자. 와세다대학 문학부문학과 전 교수. 대중가요의 작사가로 활동하면서 프랑스문학 교수 역임. 시집『샤킨(砂金, 사금)』(1919),『이치아쿠노하리(一握の玻璃, 한 줌의 유리)』(1951) 등.

▯카나리아(かなりや)

초출은 1918년 11월 아동잡지『아카이토리(赤い鳥, 붉은 새)』제1권 5호. 당시의 제목은「카나리아(かなりあ)」.

보잘것없는 자신을 '노래를 잊은 카나리아'에 비유하여 자책하면서, 가능성을 믿고 재기하겠다는 희망을 표현한 작품이라는 평가를 받는다.

▢ 얼굴(顔)

1919년 시집『샤킨(砂金, 사금)』에 게재.

이 시는 마치 무서운 꿈에서 깨어난 직후 그 꿈을 떠올리며 들려주는 듯하다.

▢ 나의 모자(ぼくの帽子)

1922년 2월 창간된 소년잡지『코도모노쿠니(コドモノクニ, 아이의 나라)』(東京社)의 1권 2호에 게재.

여름에 잃어버린 밀집모자, 'Y.S'라고 이니셜이 적힌 모자를 계곡물에 떨어트린 뒤 어머니의 노력에도 불구하고 끝내 되찾지 못하고 가을이 오고 다시 겨울을 맞으며, 결국 눈에 묻히고 말 것이라는 아쉬운 추측으로 시를 맺고 있다. 아이들을 위한 시라기보다는 어른을 위한 정감 있고 그리움이 깃든 시라는 느낌이 더 강하게 드는 시이다.

카나리아

──노래를 잊은 카나리아는 뒷산에 버릴까요?
──아니, 아니오. 그것은 안됩니다

──노래를 잊은 카나리아는 뒷문 작은 덤불에 파묻을까요?
──아니, 아니오. 그것은 안됩니다

──노래를 잊은 카나리아는 버드나무 채찍으로 때릴까요?
──아니, 아니오. 그것은 불쌍한 것 같아요

──노래를 잊은 카나리아는
상아선박에 은의 노로
달밤의 바다에 띄우면
잊었던 노래를 회상한다

얼굴

가도, 가도
끝이 없는 황야에서
창백한 꽃들만 피었다,
이토록 쓸쓸한 여행을
나는 지금까지 해본 적이 없다.

문득 돌이켜 보면
나는 연인의 얼굴 위를
정처없이 방황하고 있었다.

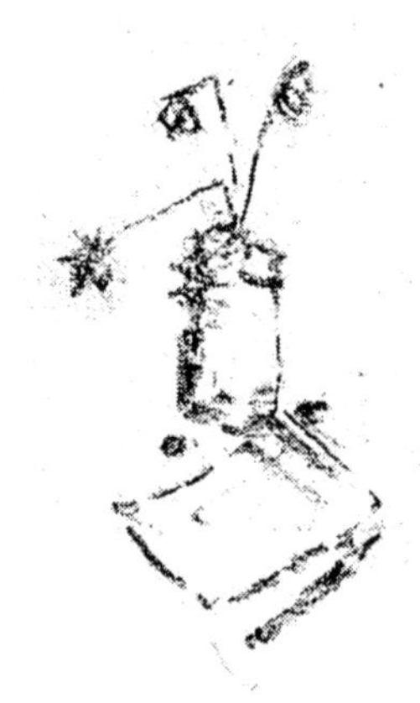

나의 모자

어머니, 나의 그 모자, 어떻게 된 걸까요?
음, 여름에, 우스이 고개에서 기리쓰미 온천에 가는 길에서,
계곡물에 떨어트린 그 밀짚모자입니다.

어머니, 그것은 좋아하던 모자였어요,
나는 그때 너무 속상했어요,
그런데 갑자기 바람이 불어와서.

어머니, 그때, 저편에서 젊은 약장사가 왔었지요,
감색 각반과 말굽 토시를 끼고.
그리고 주워주려고 상당히 애써주셨지요.
그런데 결국에는 안 되었죠,
무엇보다 깊은 계곡에서, 게다가 풀이
키만큼 자라있었거든요.

어머니, 정말 그 모자, 어떻게 된 걸까요?
그때 옆에 피어있던, 말나리꽃은
정말 져버렸겠지요. 그리고
가을에는, 회색 안개가 저 언덕을 메우고,
그 모자 아래에서, 매일 밤 귀뚜라미가 울었을지 몰라요.

어머니, 그리고, 분명 지금쯤은, 오늘 밤 무렵은,
저 골짜기에, 조용히 눈이 쌓이고 있겠지요.
옛날, 반짝반짝 빛난, 그 이태리 밀짚모자와,
그 뒤에 제가 적은
Y · S라는 머리글자를
묻어버리기라도 할 듯이 조용히, 쓸쓸히.

14

사토 하루오(佐藤春夫)

물가에서의 달밤의 노래(水辺月夜の歌)

해변의 사랑(海辺の恋)

소년의 날(少年の日)

꽁치의 노래(秋刀魚の歌)

들꽃(つみ草)

어떤 이에게(或る人に)

■ **사토 하루오(佐藤春夫, 1892~1964)**

와카야마현(和歌山県) 출생으로, 대대로 의사 집안의 장남. 게이오대학 중퇴.

시인 사토 하루오는 시마자키 도손(島崎藤村)의 영향을 받아 서정시를 썼고, 시인 호리구치 다이가쿠(堀口大学)와 동료작가 다니자키 준이치로(谷崎潤一郎, 1886~1965)의 부인과 불륜에 빠져 다니자키와 절교하는데, 이를 이른바 '오다와라(小田原)사건'이라 부르기도 한다. 그로부터 5년 후인 1926년

다니자키와 화해하고 그 이듬해 사토는 결국 다니자키의 부인과 결혼에 이른다. 시집으로는 『준조시슈(殉情詩集, 순정시집)』, 『와가센큐햐쿠니주니넨(我が一九二二年, 나의 1922년)』이 있고, 그 외 번역시집 『샤진슈(車塵集, 차먼지 시집)』, 소설 「덴엔노유우쓰(田園の憂鬱, 전원의 우울」 등의 작품이 있다.

▫ 물가에서의 달밤의 노래(水辺月夜の歌)

르네 조르쟁(René Georgin, 1888~1978)의 물가에서 연인을 그리워하는 시 「물가의 비가(水辺悲歌)」를 연상하게 하는 시라고 할 만큼, 불륜의 사랑을 노래하는 대표적 시라고 회자된다. 사토 하루오는 동료 시인 다니자키 준이치로의 부인 지요(千代)에게 연심을 품게 되고, 그런 사랑을 이 시에 담아내고 있다.

▫ 해변의 사랑(海辺の恋)

「물가에서의 달밤의 노래」와 마찬가지로 오다와라사건의 두 주인공인 사토와 지요의 사랑을 주제로 한 시이다. 실제로는 불륜의 사랑이지만 이 시 안에서는 '처녀'와 '소년'의 순수한 사랑을 강조하고 있다. 그런데 이 시는 사토의 연인 지요의 남편인 다니자키가 부인을 양보하겠다고 했다가 그 뜻을 번복하고 만 탓에 그리운 지요를 한참 만나지 못하고 있을 당시를 시간적 배경으로 하고 있다.

▫ 소년의 날(少年の日)

사토 하루오 소년 시절의 첫사랑을 주제로 한 연작시인데, 오다와라사건의 주인공인 지요(千代)와의 사랑을 노래한 다른 시들과 같은 시기에 발표되었다.

▫ 꽁치의 노래(秋刀魚の歌)

1923년 『와가센큐햐쿠니주니넨(我が一九二二年, 나의 1922년)』에 게재.

초출은 1921년 11월 『닌겐(人間, 인간)』.

단란한 가정에서 일탈하여 남자에게 버려진 타인의 부인과 그 아이, 아내에게 버림받은 남자들이 만들어내는 사연을 애절하게 노래한 시이다. 이 시 역시 오다와라사건을 주제로 한 시로, 지요와의 불륜이 시작되고 친구였던 다니자키와 절교한 1921년에 창작되었다.

'가을바람'을 인격화한 시인데, 이는 영국의 퍼시 비시 쉘리(Percy Bysshe Shelley, 1792~1822)의 「서풍의 시(Ode to the West Wind)」의 "거칠게 부는 서풍아! 용솟음치는 가을의 숨결이여!"를 모티프로 삼고 있다고 한다.

▫ 들꽃(つみ草)

자연 속의 작은 풀을 통해 사랑의 상실과 인간의 슬픔을 표현한 서정시이다. 짧은 시이지만 고전 시가 인용과 자연 이미지를 통해 깊은 감정을 전달하고 있다.

자연이미지를 가져와 이루어질 수 없는 사랑을 그려 사랑에 대한 허무함을 나타내고 있으며, 자연과 인간 감정을 동일화 하며 더 깊은 슬픔을 담아 사랑의 허무와 애상(哀傷)을 표현하고 있다.

▫ 어떤 이에게(或る人に)

1923년 『와가센큐햐쿠니주니넨(我が一九二二年, 나의 1922년)』에 게재. 당시 타이틀은 「어떤 이에게(ある人に)」.

사랑하는 '당신'과 '당신의 남편'에 대한 애증을 꿈속에서의 만남을 빌려 절박하게 담아내고 있는 시이다. 이때의 '당신'은 오다와라사건의 여주인공인 다니자키 준이치로의 부인 지요이고, '당신의 남편'은 역시 다니자키를 가리킨다.

물가에서의 달밤의 노래

애달픈 사랑을 하므로

달그림자 차갑게 몸에 스며드네

자연과 인간 세상의 무상함을 알기 때문에

물의 빛이여 탄식할지어다

몸을 물거품이라고 생각하지만

물거품이 아닌 나의 생각

실로 천한 나지만

근심은 맑아지네 당신이라서

해변의 사랑

흩어진 솔잎을 그러모아
너는 소녀가 되었고,
흩어진 솔잎에 불을 놓아
나는 어린 소년이 되었구나.

소년과 소녀가 서로 가까이서
그저 어렴풋한 불을 둘러싸고,
기쁘게 두 사람 손을 맞잡고
어쩌지 못할 일을 마냥 꿈꾸며,

석양 속에 피어오른 연기
있는 듯 없는 듯 아련한,
바닷가 사랑의 덧없음은
흩어진 솔잎의 불이 되겠지.

소년의 날

1

들에 가고 산에 가고 바닷가로 가
한낮의 언덕 꽃을 깔고
둥근 눈동자의 너이기에
근심은 푸른 하늘에서도.

2

그림자 큰 숲을 휘돌아
꿈 큰 눈동자를 그리워하여
따뜻한 한낮의 언덕
꽃을 깔고, 가련한 젊은 날.

3

너의 눈동자는 동그랗고
너의 마음은 알 수 없네.
너를 떠나 그저 홀로
달밤의 바다에 돌을 던진다.

4

너는 밤이면 밤마다 털실을 짠다

> 은색 바늘로 뜨개질하는 실은
> 검은색 실 붉은 실
> 그 램프 깔개는 누구의 것인가.

꽁치의 노래

가련한
가을바람이여
정이 있다면 전해다오
―한 남자가
오늘 저녁 식사에 홀로
꽁치 먹고
생각에 잠긴다 라고.

꽁치, 꽁치
그 위에 푸른 감귤의 즙을 뚝뚝 떨구고
꽁치를 먹는 건 그 남자 고향의 관습이다.
그 관습을 의심하여 그리워한 너는
몇 번인가 푸른 감귤을 따서 저녁 식사에 올렸다.
가련한, 남편에게 버려진 타인의 처와
처에게 버림받은 남자와 식탁을 마주하면,
박정한 아버지를 가진 여자아이는
작은 젓가락을 만지작만지작 고민하며
아버지 아닌 남자에게 꽁치의 내장을 주겠다 말하지 않네.

가련한
가을 바람이여

너만은 보았으리
세상의 상식 아닌 듯한 단란을.
어떻게든
가을 바람이여
원하노니
증명 해달라 저 한 때의 단란한 꿈이 아니라고.

가련한
가을 바람이여
정이 있거든 전해다오,
남편을 잃은 아내와
아버지를 잃은 어린 아이에게 전해다오

―한 남자가
오늘의 저녁 식사에 홀로
꽁치를 먹으며
눈물을 흘린다 라고.

꽁치, 꽁치
꽁치 쓰거나 짜거나.
그 위에 뜨거운 눈물을 떨구고
꽁치를 먹는 것은 어느 고향의 관습이다.
가련한
실로 그것은 묻고 싶을 정도로 우습다.

들꽃

「꽃은 이내 늙어 바람에 지고
만날 날은 아득히 기약 없고
마음 같은 사람은 맺지 못하고
헛되이 동심초만 맺는다」

마음 없이 흩어지는 꽃에
긴 한숨 긴 나의 옷자락
마음 다해버린 너를 아아
뜯자니 참 가엾은 쇠뜨기 풀.

어떤 이에게

당신의 꿈은 어젯밤으로 두 번밖에 안 꿨는데
당신 남편의 꿈은 벌써 여섯 번이나 꿨다
당신은 꿈에서도 차분하게 이야기도 못 나누는데
그 남자와는 꿈에서 산책하며 농담도 나눈다
꿈의 세계에서조차 나에게는 짓궂은 그래서
나로서는 내세도 의심스러울밖에
당신의 꿈은 한 번에 금방 깨버리고
두 번 다시 나는 좀체 잠들지 못했다
당신 남편의 꿈은 오래도록 지속되고
이튿날에는 두통이……
고백컨대 나는 한번 당신의 남편을
죽이고 난 후의 꿈을 꾸고 싶다
내가 얼마나 후회하고 있을지 어떨지를

15

센게 모토마로(千家元麿)

기러기(雁)
백조의 슬픔(白鳥の悲しみ)
처음으로 아이를(初めて小供を)
나는 보았다(自分は見た)
비밀(秘密)
엽서(葉書)

▌ 센게 모토마로(千家元麿, 1888~1948)

　인도적인 시인으로 알려진 일본의 시인. 무샤노코지 사네아쓰(武者小路 実篤) 등의 시라카바파(白樺派) 문학운동 중, 긍정적인 인도주의적 시풍을 수립하였고, 시라카바파의 대표적인 시인으로 인정받는다. 주요 저서로는『지분와미타(自分は見た, 나는 보았다)』(1918),『니지(虹, 무지개)』(1919),『신세이노요로코비(新生の悦び, 신생의 기쁨)』(1921) 등이 있다.

▣ 기러기(雁)

1918년 5월 『지분와미타(自分は見た, 나는 보았다)』에 수록. 창작은 1918
년 3월 11일 저녁 무렵이라고 알려진 이 시의 초출은 1918년 4월 『아이노혼
(愛の本, 사랑의 책)』 제2권과 『시라카바(白樺, 백화)』에 동시발표. 이 시는 무
리 지어 날아가는 기러기의 모습을 관찰하며, 한 줄로 나란히 소리 없이 날아
가는 모습에 느낀 감동을 표현하고 있다. 그리고 그 무리 안에 함께할 가족의
존재를 언급하며 고요한 저녁 하늘로 날아가는 모습을 부러운 듯 바라본다.

▣ 백조의 슬픔(白鳥の悲しみ)

1918년 『지분와미타(自分は見た, 나는 보았다)』에 수록. 초출은 1917년 11
월 『아이노혼(愛の本, 사랑의 책)』.

백조의 울 안으로 들어가 알을 훔쳐낸 이기적인 인간의 행동에 대한 비난
과, 그것을 안타까움과 슬픔 가득한 눈길로 '목을 길게 빼고' 애타게 바라보
는 어미 백조의 슬픔에 공감하는 시인의 안타까워하는 심정이 너무 잘 전해
지는 시이다.

▣ 처음으로 아이를(初めて小供を)

1918년 5월 『지분와미타(自分は見た, 나는 보았다)』에 수록. 초출은 1917년
11월 『아이노혼(愛の本, 사랑의 책)』.

처음으로 아이를 데리고 풀밭에 나간 아버지가 느낄 설렘과 불안, 그리고
아이가 처음 두 발로 땅을 딛고 섰을 때의 대견함이 아주 생생하게 고스란히
담긴 시이다.

▣ 나는 보았다(自分は見た)

1918년 5월 『지분와미타(自分は見た, 나는 보았다)』에 수록. 초출은 1917년

11월『아이노혼(愛の本, 사랑의 책)』.

이 시는 특별할 것 없이 "같은 자세, 같은 보조, 같은 간격으로" 급히 일터로 향하는 아침 광경과, 지친 일과를 마치고 돌아가는 저녁 전차 안에서 말없이 마주보고 선 사람들의 모습을, 나는 마치 '인형'처럼 바라본다.

▯ 비밀(秘密)

1918년 5월『지분와미타(自分は見た, 나는 보았다)』에 수록. 1918년 3월 15일에 창작된 이 시는 같은 해 4월『시메이(使命, 사명)』에 발표.

시 전체에 잠들기 전 옷을 벗은 아이가 여기저기 뛰어다니는 모습과 작은 잠옷을 입히려고 그 뒤를 쫓는 어머니의 모습이 요란하게 펼쳐진다. 아이는 '작은 새'가 되기도 하고 '왕자'가 되어 자유로우면서 늠름하게 뛰놀다가도, 다소 마른 '요정'이 되어 어머니가 내민 잠옷 속에 안긴다. 시 속에 등장하는 어린아이는 아마도 시인의 장남으로 추정되며, 시인의 다른 시「처음으로 아이를」처럼 아이와 어머니 혹은 아버지라는 가족의 인연이 그려진다.

▯ 엽서(葉書)

1918년 5월『지분와미타(自分は見た, 나는 보았다)』에 수록.

무료한 아침, 반가운 벗들에게서 온 엽서와 원고 등의 우편물을 받고 행복함에 가득한 하루를 시작하는 시인의 들뜬 마음이 고스란히 전해온다. 특히 들에 나가 벗의 소설을 읽을 생각에 설렘 가득한 시인은, 선심이라도 쓰듯 아내와 아이에게 잘해야지 다짐하며 들판에 데려가 주마고 약속까지 한다.

기러기

따뜻하고 조용한 저녁하늘을
흰 깃털 가득한 기러기가
줄지어 날아간다
하늘도 땅도 움직이지 않는 조용한 풍경속을 이상하리만치 침묵하고
같은 모양으로 한 마리 한 마리가 열심히 날개를 움직이고
검은 줄을 만들며
조용히 소리도 내지 않고 가로질러 간다
곁에 간다면 날개소리가 요란하리라
숨이 차고, 지쳐 있는 기러기도 있으리라
하지만 지상에서는 들리지 않는다
그들은 모두가 묵묵히 마음으로 서로를 위로하고 도우며 날아간다
앞에 섰던 기러기가 뒤로 가거나, 뒤에 날았던 기러기가 앞에 서기도
　　하며
마음과 마음을 거들며 부지런히
용감하게 날아간다

그 중에는 부모자식도 있으리라. 형제자매도, 친구도 틀림없이 있을
　　것이다
공기도 포근하고 바람도 없는 조용한 저녁 하늘을 골라
한무리가 되어 날아간다

따뜻한 한 무리의 마음이여
하늘도 땅도 움직이지 않는 정적속을 그대들만이 움직이며 간다
묵묵히 멋지게 빠른 속도로
보고 있는 사이에 지나가고 만다

백조의 슬픔

아름답게 개인 날,
동물원의 잡다한 새들이 든 커다란 쇠울타리 안으로
정원사가 몰래 들어와,
백조의 커다란 알을 두 개 훔쳐 출입문으로 나가려는 순간
눈치챈 어미 백조는 가늘고 긴 목을 빼고 붉은 부리로
정원사의 검은 신발을 노리고 덤벼들었다.
비겁한 정원사는 알을 양복 주머니에 넣고
성큼성큼 나가 버렸다.
어미 백조는 알이 놓여 있던 나무등걸로 조용히 돌아가
그리고 입구로 나와 멈추더니 슬픈 소리로 울었다.
두세 마리 백조가 그 옆에서 목을 길게 빼고 다가와
그녀를 둘러싸더니 위로했다.
어미 백조는 크고 슬픈 소리로 두세 번 울었다.
큰 눈물방울이 흐르는 모습에
매끈한 순백의 긴장된 둥근 가슴은
내부로부터 잔뜩 흔들리며,
피가 넘어오지 않을까 걱정될 정도로
고동치며 괴로워하는 것이 밖에서도 훤히 보였다.
울음이 멈춘 후에도 그 가슴은 경련을 일으키고 있었다.
그 슬픔은 깊고 그 실망은 오래 지속되었다.

하지만 이윽고 어미 백조는 물속으로 뛰어들었다.
그렇게 눈물을 씻어내기라도 하듯, 슬픔을 달래기라도 하듯
그 순백의 가슴도 모가지도 물속에 잠그며, 물안개 일으키며 괴로
　워했다.
하지만 그것은 흐트러진 것처럼 보이진 않았다.
그렇게 맑게 갠 날 중에 슬픔을 하늘로 발산시켰다.

그 단순한 슬픔은 아름답고 통절하며 위대한 느낌이 들었다.
그 매끈한 순백의 가슴이 부풀며 흔들리는 모습은 실로 멋졌다.
진실로 그토록 아름다운 것을 본 적은 없는 것 같았다.
위엄 있는 느낌이었다.
쇠울타리 주위에는 많은 여인과 우리가 서서 보고 있었다.
우리는 같은 감동을 느꼈다.
나는 그 슬픔을 보는 것이 백조에게 미안했다.
우리의 잘못된 행동을 경멸한
백조에게 알려주지 못한 사실을 슬퍼했다.
나는 그 슬픔을 빨리 잊기를 바랐다.

처음으로 아이를

처음 아이를
풀밭 위에 내려놓고 서게 했을 때
아이는 땅만 내려다보고,
섰다가 쪼그려 앉았다가 하며
한 발짝도 안 움직이고
웃고 또 웃고 웃을 뿐이었다,
무서운 듯 서서는 즐거워하고, 살짝 쪼그려 앉아 웃고
얼마나 웃기던지
나와 아이는 얼굴을 마주 보고 웃었다.
이상한 녀석이라고 주변을 살피며 웃었더니
아이는 살짝 쪼그려 앉아 웃고
언제까지나 언제까지나 한 곳에서
유유하게 섰다가 앉았다가 하며
조그만 몸체를 흔들며
기뻐하고 있었다.

나는 보았다

나는 보았다.

아침의 아름다운 스가모 거리의 북적함 속에서

도시에서 시골로 돌아가는 거름 수레가

서너 대 연이어 조용히 소리도 없이 줄줄이 지나가는 것을

같은 자세, 같은 보조, 같은 간격으로

같은 방향으로 같은 목적으로 서두르는 것을

내가 우뚝 멈춰서서 그 지나가는 모습을 보았을 때

같은 자세로 우뚝 멈춰선 듯 보였다.

작게, 작게, 마을의 한구석, 이 세상 한 모퉁이에 자리를 잡았다.

나는 거기에서 눈을 돌렸을 때,

내 앞을 지나가던 사람,

좌우로 서둘러 가는 사람이 모두

같은 법칙에 지배되고 있음을 느꼈다.

그들은 아름답게 정연히 일사분란한 다른 세계의 존재처럼 보였다.

인형처럼 보였다.

나는 보았다

밤이 깊은 전차 안에

우연히 함께 탄 사람들이

말없이 정연하게 마주 보고 서 있었다.

창밖은 어두컴컴하고
전차 안은 불이 났나 싶을 만큼 밝았다.
나는 하나의 목적, 하나의 올바른 법칙이
이 세상을 지배하고 있다고 생각하는
사람은 모두 아름다운 인형처럼
다른 세계의 힘에 지배되고 있는 것이다.
흩어짐은 없다. 만들어진 채인 듯하다.
하나의 목적, 하나의 올바른 법칙이 있다고 본다.
나는 그 힘으로 일하고 있다.

비밀

아이는 잠들 때
알몸이 된 기쁨에
새장을 날아간 작은 새인가
마법 상자를 빠져나간 왕자처럼
집안을 당당한 기세로 휘젓고 다닌다.
장지문이든 벽이든 무엇에든
머리든 손이든 엉덩이든 부딪쳐
차가운 공기에
바로 손 마주한 기쁨에 날뛴다
어머니가 작은 잠옷을 들고
뒤에서 쫓아온다.
알몸이 된 아이는
요정처럼 말랐다.
쫓기고
벽 귀퉁이에 숨이 끊어진 듯 딱 붙어 있는
마치 작고, 소극적으로.
어머니는 비밀을 보이지 않으려고
아이를 붙잡자 재빠르게
옷으로 감싸 안았다.

엽서

오늘은 좋은 날이다.

아침, 잠자리에서 꾸벅꾸벅하고 있자니

우편배달이

묵직하게 무게 느껴지는 한 다발의 엽서와 편지를 던져놓고 가는

소리에 눈을 떴다.

나는 거기에 대여섯 통 엽서가 겹겹이 흩어져 있고,

한 통의 편지를 보았다.

나는 울타리 안 사자가 던져진 고깃덩이로 달려들듯이

기세 좋게 손을 내밀어 그것을 긁어모아 가슴 아래로 끌어안았다.

오랜만에 K가 보낸 자필의 엽서가 있었다.

고향으로 돌아간 N의 두 번째 엽서가 있었다.

그리고 K가 보낸 편집에 대한 내용의 엽서와,

그리고 다음 달 호에 소설을 내겠다는 통지를 겸한 답장이 있었다.

그리고 N의 엽서와 이달 잡지에 나온 세 편의 소설이 있었다.

그것이 편지로 보였던 것이다.

나는 한 장 한 장을 굶주린 사람처럼 탐독하였다.

마치 피가 들끓듯이.

나는 기운을 내어 편지를 가슴에 찔러넣고 일어섰다.

창밖으로는 좋아하는 파란 하늘이 손짓하듯 빛나고 있었다.

아이를 데리고 들로 나가려 했다.

거기에서 N의 소설을 읽으려 했다.

얼굴을 씻으면서도 몇 번이나 나는 엽서를 꺼내 바라보았다.

아내와 아이에게도 조금 신경을 써야지 생각하면서

엽서에 마음을 빼앗기면서

나는 N의 『가여운 소녀』의 첫 페이지를 숨죽이며 읽었다.

그렇게 다음을 기대하면서

몇 번이고 나를 기다리며 부르고 있는 식사에 서둘러 갔다.

엽서와 원고를 내 가슴과 소매 안에 본능적으로 집어넣었다.

나는 기세 좋게

아내와 아이에게 들판에 데려가 주마 말했다.

16

스스키다 규킨(薄田泣菫)

시의 고민(詩のなやみ)
봄 밤(春夜)
사랑의 함정(恋のわな)
아아! 야마토에 있었더라면(ああ大和にしあらましかば)

▌ 스스키다 규킨(薄田泣菫, 1877~1945)

일본 오카야마현(岡山県) 출생. 시인이자 수필가. 본명은 준스케(淳介). 낭만파이자 상징파 시인.

시집으로 『보테키슈(暮笛集, 모적집)』(1899), 『하쿠요큐(白羊宮, 백양궁)』(1906) 등이 있다. 다이쇼(大正)기 이후 시인으로서보다는 수필가로 활동하며, 『자바나시(茶話, 차이야기)』, 『소모쿠추교(艸木虫魚, 초목과 벌레와 물고기)』 등의 수필집 발행.

시의 고민(詩のなやみ)

스스키다 규킨의 제1 시집인 『보테키슈(暮笛集, 모적집)』(1899) 모두에 게재된 시로, 시인이 스물두 살 때 쓴 시. 초출은 미상. 시인의 이상과 현실 사이의 간극을 인정하며서도 시인으로서의 각오를 다지는 노래이다.

□ 봄 밤(春夜)

1899년 출판된 시집『보테키슈(暮笛集, 모적집)』에 수록.

밤의 향락적 분위기를 묘사하며, 젊음·쾌락·허무를 동시에 노래하고 있다.

봄이 저물어 가는 것과 젊음을 대비시켜 젊음과 인생의 덧없음을 그려내고 있다.

꽃의 화려한 색채 이미지에 관능적 분위기를 나타내고 있으며, 이러한 아름다움은 찰나에 지나지 않으니 즐기고자 하지만, 그 즐거움 뒤에 오는 공허함과 쓸쓸함을 표현하고 있다.

표면적인 환락속에 담긴 슬픔을 담아 허무적 정서를 잘 보여주고 있다.

□ 사랑의 함정(恋のわな)

초출 미상. 1905년에 출판된 시집『니주고겐(二十五絃, 25현)』에 게재.

사랑의 시작부터 끝까지의 과정을 몽환적 이미지와 반복적인 리듬으로 표현한 서정시이다. 작품 전체에는 유혹→사랑의 열정→환상→파멸로 이어지는 흐름이 나타난다. 이러한 분위기는 일본 근대 낭만주의 시에서 자주 나타나는 관능성과 허무의 정서를 보여준다.

□ 아아! 야마토에 있었더라면(ああ大和にしあらましかば)

1906년 출판된 시집『하쿠요큐(白羊宮, 백양궁)』에 게재. 초출은 1905년 11월 발행의『주가쿠세카이(中学世界, 중학세계)』제8권 제15호.

시의 고민

해가 긴 날 거리의
    먼지가 되어,
힘 있는 구절에
    고통이 없기를.

시는 대양의
    진주 사냥,
더 깊이 들어가라고
    사람에게 청한다.

돌을 감싸며
    옥이라 부르는,
정 있는 아이의
    참을 수 없는.

아, 논으로 날아가
    먹이에 싫증 난,
두 마리의 참새는
    한 푼인가.

값을 매기지 못하고,
        시 때문에 야위고,
머리카락 늘어트린
        사람의 아이를.

박정하고 경솔한 사람에게
        묻는 것은,
심지 없는 가는 줄을
        뜨는 것과 같다.

좋은 대답도,
        힘없이,
사라지는 것과 비슷한
        울림 뿐.

여기 풍류에
        뛰어난 인재 있다면,
나 무릎 꿇고
        배우리.

여기에 정이 있는
        소녀 있다면,
나 손을 마주 잡고
        청하겠지.

세상에 뛰어난 인재 없고,
        소녀 없다면,
오직 나 홀로
        미치리라.

낙숫물 소리에,
        구절을 나누니,
재능 없음을 아네,
        지금 여기에서.

봄 밤

봄의 빛이 옅어지고,
젊은 날의 쾌락은 짧으니,
꽃 피는 그림자에 취해 쓰러져,
술병 두드리며 노래하노라.

꽃향기 부수는 바람 거세어지니,
가느다란 눈썹 찌푸리게 하고,
등불에 비추어 보는 어린 소녀의
소맷자락 속마음을 너는 아는가.

꽃을 밟으니 부드러워,
발뒤꿈치에 물든 붉은 빛의
흔적의 빛깔 되돌아보며,
저물어 가는 봄을 아쉬워하노라.

덧없는 이 세상에 또 언제이런가,
봄을 안고 즐기자꾸나,
적어도 오늘 밤만큼은 환락으로,
지혜의 눈동자 굴리지 말라.

잔을 채우고 눈을 감으니,
그저 속절없는 쓸쓸한 상념,
그대여, 눈물 걷잡을 수 없다면,
불빛 등지면 되리 아무도 모르게.

사랑의 함정

새벽녘 부서진 빛으로 흐르고,
그렇구나,
너와 함께,
얼굴에 비쳐 달아오를 때까지,
그렇구나,
사랑의 장난,
그렇구나.

햇빛 속 작은 백합의 꽃받침에 숨어,
그렇구나,
너에게 꺾여,
향기에 숨이 막힐 때까지,
그렇구나,
그렇게 입 맞추고,
그렇구나.

밤 깊은 밤 꿈길에 숨어,
그렇구나,
소년의 모습,
너와 꽃 핀 들에서 만나고,

그렇구나,
가슴도 떨리고,
그렇구나.

결국에는 황천길 어둠 속에 몰래 숨어,
그렇구나,
너를 기다리며,
여러 손 부드럽게 휘감으니,
그렇구나,
긴 잠 속으로,
그렇구나.

아아! 야마토에 있었더라면

아아! 야마토에 있었더라면
지금은 음력 시월
나무 위쪽 잎이 지고 틈새로 보이는 신전의 삼림의 작은 길을
새벽 이슬에 머리 젖어 가며 왕래하여 이카루가(斑鳩)에
헤구리(平群)의 큰 들판,
높이 싹튼 풀이 황금 바다와 한들거리는 날
먼지 낀 창이 희끄무레지고, 햇살이 어슴푸레하고
지난날의 귀한 불경의 황금문자
백제에 현악기 거문고에, 제사제기의 장인에게, 채색된 벽면에
보라! 황홀한 기둥 그늘에 숨은 모습
끝없이 피어져 장식된 기노미아(藝の宮), 수호신전의 깊은 곳에
향을 피우는 향기여, 마치 몇 번이고 정성들여 만든
미주(美酒) 항아리에 미혹되어
필시 취할 것이다

새로 개간한 길의 개간 밭에
불그스름한 홍귤나무 잎에 숨어 흘끗보이는 한나절
어딘지도 모를 조용한 서민풍 노래의 아름다운 음색으로
시선을 돌려 문득 보면 노랑 딱새가
있는 나무 가지에서 난쟁이 악사가 되어

풍취를 새의 꽁지와 깃이 몸의 가벼움이
잎에 감돌고 나풀거린다
낮은 울타리로 나무사이로 －이것은 또 들판의 동자승의
도깨비인가. 저녁 사찰 깊숙이 노래 목소리의
독경인가, －지금 조용한 곳
마음에 있는 사람의
영혼에도 흘러들어온다

해는 나무 그늘에 가리어 잘 보이지 않고, 양 문이
느슨해져 삐걱거리고 호류지(法隆寺) 안당의 저녁 정원 추위에
스르르 달려가는 마른 나뭇잎
옷나무, 팽나무, 멀구슬나무 이름이 잘 알려진 잎이 넓은 보리수
길 가는 이의 떠들썩한 목소리, 암송에 도취되어 듣는다
돌 회랑에 서서 멀리 우러러보니
높은 탑이나 구륜장식기둥의 녹에 석양의 그림자
꽃에 쏟아 내리쬐는 석양 전망
마치 검은 승려복의 긴 옷자락이 땅에 끌리어 덮듯이
그 학생처럼 발을 내밀 듯 걷는다－
아아! 야마토에 있었더라면
오늘은 음력 시월, 하루의 저녁 무렵
성스러운 마음의 울림도
누가 알 수 있을까 이 몸을

17

스즈키 신타로(鈴木信太郎) 역

▌ 스즈키 신타로(鈴木信太郎, 1895~1970)

프랑스문학자. 도쿄 간다(神田)에서 출생. 도쿄 제국대학 졸업. 일본예술원 회원.

1925년부터 26년까지 파리에서 사비유학.

1947년 도쿄대학 불문학과 교수, 도요(東洋) 대학 등에서 교수 역임.

역서로는 『긴다이후랑스쇼초시쇼(近代仏蘭 西象徵詩抄, 근대불란서상징시초)』(1924), 저 서에 『스테판 말라르메 시슈코(ステファヌ・ マラルメ詩集考, 스테판 말라르메 시집고)』(1948), 『후랑스시호(フランス 詩法, 프랑스시법)』(1950) 등이 있음.

□ 거리에 비 내리듯(都に雨の降るごとく)

　이 시는 폴 베를렌(Paul Verlaine, 1844~1896)의 시집『말 없는 연가(Romances sans paroles)』에 수록된 시「ville」의 번역이다. 이 번역 시는 1924년 9월『긴다이후랑스쇼초시쇼(近代仏蘭西象徴詩抄, 근대불란서상징시초)』에 수록되었다. 이 시는 스즈키 신타로 외에도 우에다 빈(上田敏), 호리구치 다이가쿠(堀口大学) 등에 의해 번역된 바 있다.

『近代仏蘭西象徴詩抄』
(1924, 春陽堂)

거리에 비 내리듯

폴 베를린 작/스즈키 신타로 역

거리에 비 내리듯
내 마음에도 눈물 내린다.
마음 깊이 스며드는
이 쓸쓸함은 무엇인가.

대지에 지붕에 쉼 없이 내리는
울리는 빗소리 고요함.
막연히 쓸쓸한 마음에는
오오 빗소리 비의 노래.

슬퍼 한탄하는 이 마음
이유 없이 눈물 내린다.
원망하는 맘 있기에 더욱
이유도 없는 이 슬픔.

사랑도 원망도 없이
어떤 연유로 나의 마음
이토록 괴로운지 모르기에 더욱
고뇌 중의 고뇌이다.

18

시마자키 도손(島崎藤村)

서시(序のうた)
풀베개(草枕)
야자열매(椰子の実)
고모로 고성의 주변(小諸なる古城のほとり)
첫사랑(初恋)
해조음(海潮音)

▋ 시마자키 도손(島崎藤村, 1872~1943)

시인이자 소설가. 지쿠마현(筑摩県, 현재의 나
가노현의 일부와 기후현의 일부) 출신으로 본명
은 시마자키 하루키(島崎春樹)이다.

문예 잡지 『분가쿠카이(文学界, 문학계)』에 참
여하여 낭만주의 시인으로 활동하며 『와카나슈
(若菜集, 봄 나물집)』 등을 출판하였다. 이후 주요

활동을 소설로 전향하여 『하카이(破戒, 파계)』, 『하루(春, 봄)』 등을 통해 대표적인 자연주의 작가가 되었다.

그의 작품으로는 이 밖에도 일본 자연주의 문학의 도달점으로 평가되는 『이에(家, 집)』, 조카와의 근친관계를 고백한 『신세이(新生, 신생)』, 그리고 아버지 시마자키 마사키를 모델로 한 역사소설의 대작 『요아케마에(夜明け前, 동트기 전)』 등이 있다.

시집 『와카나슈(若菜集, 봄 나물집)』는 연애와 청춘의 애수를 여성적인 정서로 잘 표현한 낭만주의 대표작품이며, 소설 『하카이(破戒, 파계)』는 근대라는 시대 속에 여전히 존재하는 부락민 출신의 주인공을 통해 차별받는 계층 문제를 다루는 자연주의 대표 작품으로 평가된다.

시마자키 도손은 일본 근대 서정시 확립은 물론 자연주의 소설 발전에 기여한 일본 근대문학의 전환기를 대표하는 작가로 평가된다.

⬛ 서시(序のうた)

1897년 3월 발간의 『분가쿠카이(文学界, 문학계)』에 발표한 연작 「선잠(うたたね)」의 서시를 개작한 것으로, 1907년 시집 『와카나슈(若菜集, 봄 나물집)』의 서시로 게재. 7·5조의 히라가나로 읊어진 시이다.

⬛ 풀베개(草枕)

1897년 2월 발간의 분가쿠카이(文学界, 문학계)에 처음 연작한 「새로 나온 고사리(さわらび)」의 5편 작품 중 마지막 작품이다.

⬛ 야자열매(椰子の実)

시집 『라쿠바이슈(落梅集, 낙매집)』에 수록된 시로 바다에 떠밀려 온 야자열매를 보고, 그 열매가 어디에서 왔는지 상상하며 먼 고향과 여행, 인생의 유랑을 생각하는 서정시이다. 남쪽의 따뜻한 섬에서 먼 바다를 건너온 긴 여정을 거친 야자열매를 통해 그곳의 사람과 자연을 상상하는 낭만적이고 감상적인 작품이다. 야자열매의 긴 여행은 인간의 삶의 방랑과 운명을 상징한다고 할 수 있다.

▢ 고모로 고성의 주변(小諸なる古城のほとり)

시마자키 도손은 1899년부터 1905년까지 약 6년 동안 고모로 의숙(小諸義塾)에서 영어와 국어 교사로 근무하며 생활하였다. 이때 시마자키 도손은 지쿠마강(千曲川) 근처에 있는 나카다나 광천(中棚鉱泉)과 그 옆에 있는 수이메이로(水明楼)를 자주 찾았는데 그 때의 경험을 토대로 창작된 시이다.

이른 봄의 쓸쓸한 풍경을 배경으로 해질 무렵의 쓸쓸한 여행자 그리고 홀로 여관에 묵으며 느끼는 외로움과 향수를 그려내고 있다. 아직 오지 않은 봄을 통해 미래의 불확실하고 희미한 희망 속에 살아야 하는 인생의 공허함과 덧없음을 담아내고 있다.

▢ 첫사랑(初恋)

막 성인식을 마친 앳된 여성을 사과나무 아래서 보고 꽃처럼 아름다운 그 모습에 반해서 두근거리며 첫사랑이 싹트기 시작하는 모습을 담고 있다. 가슴 설레는 만남과 점점 깊어지는 감정을 아직 익지 않은 사과를 건네고 받는 모습속에 아름답게 표현하고 있다.

사과를 건네 받으며 손이 살짝 닿는 순간과 상대의 머리카락에 닿는 숨결 속에서 처음 사랑을 느끼는 떨림을 잘 표현하고 있으며, 꽃장식 빗과 앞머리의 묶은 모습 등을 통해 소녀의 순수함 속에 담겨진 아름다움을 부각시키고 있다. 상대의 아름다운 모습을 보며 동경에 가까운 첫사랑의 감정과 청춘의 낭만 적인 추억을 담아내고 있다.

일본 근대시 발전에 중요한 역할을 한 서양 시의 번역 시집인『가이초온(海潮音, 해조음)』에 게재. 이 시의 제목인 해조음은 "바다의 파도 소리"라는 의미를 가지고 있는데, 이는 서양에서 밀려오는 새로운 시의 물결을 상징한다. 이 시는 전통적인 와카·한시 중심 시문학에서 일본 독자들에게 유럽 근대시의 감성과 표현 방식을 소개한 중요한 작품으로 근대 자유시와 서정시 발전의 계기가 되었다.

서시

마음 깃들지 않은 노래 선율은
한 송이 포도와도 같아
정성 가득한 손에 감싸여
따뜻한 술이 될까

포도 덩굴시렁이 깊숙이 달린
보랏빛 나는 포도는 아니라도
마음 따뜻한 사람의 정으로
그늘에 열린 송이 서너 개

그것은 노래가 설익은 탓에
맛도 빛깔도 연하여
대부분 깨물었다 버려야 할
선잠에 꾼 꿈 속 잠꼬대 같아

풀베개

저녁 물결 어두워지고, 울어대는 물떼새
나는 그 물떼새는 아니지만
마음의 날개를 힘껏 퍼덕이며
쓸쓸한 곳을 향해 날아가는구나

젊은 마음 한 줄기,
위로도 없이 한탄에 잠겨
가슴속 얼음은 단단히 맺혔다가
마침내 녹아 눈물이 되었네

마음의 거처, 미야기노 들판이여
어지럽고 뜨거운 이 몸은
햇살마저 희미하고 풀도 말라
황폐한 들판이 오히려 반갑구나

아아, 이 고독한 슬픔을
깊이 맛보고 아는 이 아니라면
누구에게 말할 수 있으랴
겨울 들판의 이토록 쓸쓸한 풍경을

야자열매

이름도 모르는 먼 섬에서
흘러온 야자 열매 하나

고향의 언덕을 떠나
너는 대체 파도를 몇 달을

원래의 나무는 무성하여
가지는 더욱 그림자 드리운다

나 역시 물가를 베개 삼아
고독한 잠을 청하는 여행자

열매 따서 가슴에 대면
새로운 방랑의 근심

바다로 해 지는 것을 보면
소용돌이치는 타향의 눈물

그리운 겹겹의 물결
언젠가 고향으로 돌아가리

고모로 고성의 주변

고모로라는 고성의 주변
구름 하얗고 여행자 슬프다
푸르른 별꽃은 싹트지 않고
어린 풀 깔고 앉기에도 어설프다
은빛 이불 뒤덮은 언덕 위
볕에 녹아내린 얇은 눈이 흐른다

따뜻한 빛은 있지만
들에 가득한 향기도 없이
얇게 퍼지며 봄은 안개 가득하고
보리 빛은 겨우 푸르다
나그네들 몇인가
밭 사이로 난 길을 서두른다

날 저무니 아사마산도 보이지 않네
풀피리 소리 애절하다
지쿠마강 출렁이는 파도의
언덕 근처 숙소에 올라
막걸리 만들어 마시며
풀 베고 잠시 쉬어 가련다

첫사랑

아직 막 올리기 시작한
앞머리의 소녀가
사과나무 아래에 보였을 때,
앞쪽에 꽂은 꽃빗의
꽃 같은 그대라고
나는 생각했었소.

부드럽고 흰 손을 내밀어
사과를 나에게 건네주었을 때,
연분홍빛 가을 열매와 함께
사람을 그리워하기 시작한 것이
나의 사랑의 시작이었소.

나의 이유 없는 한숨이
그대의 머리카락에 스칠 때,
즐거운 사랑의 잔을
그대의 마음이
따라 주었던 것이었소.

사과밭 나무 아래

저절로 생겨난 작은 오솔길을 보며
누가 처음 이 길을 밟았을까요 하고
물어보던 모습이
참으로 사랑스러웠소.

해조음

솟구쳐 흐르는
머나먼 뱃길의
바닥에 일렁이는
바다의 거문고
선율도 깊네
수많은 강의
많은 파도를
불러 모아
시간이 되면
화창하게
멀리 들려오는
아침 해조음

신세이샤(新声社) 역

> 미뇽의 노래(ミニヨンの歌)

▨ 신세이샤(新声社)

1889년 결성된 문학결사단체로 모리 오가이(森鷗外)를 중심으로 오치아이 나오부미(落合直文), 고가네이 기미코(小金井喜美子) 등이 결성에 참여하였다. 『고쿠민노토모(国民之友, 국민의 벗)』의 여름 부록으로 번역시집 『오모카게(於母影, 어머니의 그림자)』를 발행하였다. 신세이샤는 이후 평론지 『시가라미조시(しがらみ草紙, 굴레의 책)』의 발행으로 연결되었다. 신세이샤를 줄여서 「SSS」로 표기하기도 하였다.

▯ 미뇽의 노래(ミニヨンの歌)

J.W. 괴테의 작품 『빌헬름 마이스터의 수업 시대』에 등장하는 네편의 노래 가사가 등장하는데, 미뇽이라는 소녀가 부르는 이노래는 '미뇽의 노래'로 알려져 있다.

미뇽의 노래

일

레몬 나무는 꽃피는 어두운 숲 속에
황금빛 색 달콤한 감귤은 가지가 휘도록 열매 맺네
푸르고 맑은 하늘에서 고요히 바람이 불어와
미르테 나무는 조용하고 라우렐린 나무는 키가 크다
구름에 우뚝 솟아 있는 구름의 길을 아는가 아득한 저곳
당신과 함께 갈 수 있을까

이

높은 기둥 위에 쉽게 앉을 수 있는 지붕은
하늘 높이 벼랑 솟은 넓은 공간도 좁은 공간도
모두 눈부시게 빛나고 사람이 옮긴 돌은
미소짓는 나를 보고 아아 사랑스런 아이여! 하고
마음이 풀리는 위안이 되는 그리운 집을 아는가 아득한 저곳
당신과 함께 갈 수 있을까

삼

자욱이 낀 안개 속으로 료마는 길을 찾고
높은 소리로 울며 방황하는 넓은 동굴 속에는
아주 오랜 세월 용이 미소 지으며 살고 있는 곳
바위에서 바위로 전해져 흰 물결 드나드는
그 그리운 산길을 아는가 아득한 저곳
당신과 함께 갈 수 있을까

20

야기 주키치(八木重吉)

▌ 야기 주키치(八木重吉, 1898~1927)

도쿄의 부유한 농가에서 출생. 가나가와현(神奈川県) 사범학교, 도쿄고등 사범학교를 졸업. 우치무라 간조(内村鑑三, 1861~1930)의 영향으로 크리스 찬이 된다. 야기 주키치는 17살의 나이에 결혼하였고, 그때부터 시작(詩作) 에 집중하였다. 그러나 스페인감기가 유행했던 1919년 폐렴을 앓게 된다.

1921년 효고현 미카게(御影)사범학교나 히가시카
쓰시카(東葛飾)중학교 등에서 영어교사로 재직하며
시인으로 작품활동을 하였다. 결핵으로 스물아홉
젊은 나이에 요절하였다. 1925년에 첫 번째 시집『아
키노히토미(秋の瞳, 가을의 눈동자)』를 간행하고 그
밖에도 잡지에 시 작품을 발표하였다. 그리고 병중이
던 시절에 두 번째 시집인『마즈시키신토(貧しき信

徒, 가난한 신도)』(1928) 출판을 준비하였으나 끝내 출판을 보지 못하고 사망
하였다. 그만의 시풍과 가족애가 넘치는 작품으로 유명하다. 야기 주키치는
평소 자신의 시들을 작은 소책자로 엮어 보관했다고 하는데, 그의 사후 55년이
지난 1982년 간행된『야기주키치젠슈(八木重吉全集, 야기 주키치 전집)』(전
3권)은 그것을 토대로 하고 있으며 수록된 시만 2,720편에 이른다.

▢ 어리석고 쓸쓸한 손(痴寂な手)

　1923년 5월 창작한 것으로, 자기편집의『지세키나테(痴寂な手, 어리석고
쓸쓸한 손)』에 모두 40편의 시를 함께 수록. 1925년 첫 번째 시집『아키노히
토미(秋の瞳, 가을의 눈동자)』에 수록.

▢ 가을의 슬픔(秋のかなしみ)

　1925년 8월 시집『아키노히토미(秋の瞳, 가을의 눈동자)』에 수록.
　'가을의 슬픔'이라는 제목과는 달리 자연스럽게 웃음이 번지게 되는 가을
의 시이다. 이 시에서 읊고 있는 마음 깊이 '웃고 싶'고 얼굴을 '간질이는' 가
을은, 필시 훗날「소박한 가야금(素朴な琴)」과 공명하게 되는 아름다운 가을
이 아닐까.

﹅ **풀 위에 앉다(草にすわる)**

1925년 8월 시집 『아키노히토미(秋の瞳, 가을의 눈동자)』에 수록. 초출은 미상.

자기반성과 후회가 짧은 삼행의 단시에 절박하게 드러나는 시이다. 무엇을 그리 잘못했는지에 대한 언급은 없지만, 시기적으로 볼 때 병중에 창작했을 것으로 보이는 시인만큼 '풀 위'가 '병상'을 의미할 수 있겠다는 추측이 가능하다. 한편 야기 주키치는 1919년 세례를 받기도 했지만 교회를 다니는 등의 신앙활동에는 매우 소극적이었고, 오히려 우치무라 간조(内村鑑三)의 무교회주의 활동에 참여했다는 데서, 시에 나타난 자기반성은 어쩌면 신앙적 후회를 의미한다고 해석할 수 있다.

﹅ **어머니를 그리다(母をおもふ)**

초출은 1925년 10월 『시노이에(詩之家, 시의 집)』에 발표. 당시 함께 발표한 시로는 「꽃이 내릴 거라 생각해(花がふってくると思ふ)」, 「눈물(涙)」, 「아이가 아프다(こどもが病む)」, 「울려퍼지자(ひびいてゆこう)」, 「바람이 운다(風が鳴る)」 등 모두 6편이었다. 1928년, 이들 시와 함께 『마즈시키신토(貧しき信徒, 가난한 신도)』에 수록.

﹅ **소박한 가야금(素朴な琴)**

초출은 1926년 2월 『와카쿠사(若草, 어린 풀)』에 발표. 초고가 정리된 것은 1925년 시인 자신이 편집해 엮은 『반슈(晩秋, 만추)』. 시인이 서거 전 준비하다 끝내 출판을 보지 못했던 시집 『마즈시키신토(貧しき信徒, 가난한 신도)』(1928)에 수록.

가을의 정취에 감탄한 가야금이 가을을 찬양하듯 절로 노래할 듯한 아름다운 가을 풍경이 네 줄의 단시에 응축되어 그려지고 있다.

 협죽도(夾竹桃)

자연 이미지와 색채를 통해 고독과 죽음의 정서를 표현한 서정시이다. 일본 근대시에서 자주 나타나는 자연과 감정의 동일화가 잘 드러난 작품이라고 할 수 있다. 인간의 고독, 죽음에 대한 의식, 자연 속에 스며드는 감정을 통해 초여름 풍경 속에서 고독과 죽음을 떠올리고 있다.

 기적(奇蹟)

1928년 『마즈시키신토(貧しき信徒, 가난한 신도)』에 수록. 초출은 1926년 5월 『니혼시진(日本詩人, 일본시인)』에 발표. 1926년 2월 이후의 작품을 엮은 자기 편집의 『게쓰다이시헨(欠題詩編, 결제시편)』에 수록.

신의 은총과 기적을 바라는 병상에 누운 시인의 절실한 마음이 고스란히 전해지는 시이다. 이 시는 결핵으로 진단을 받은 이후 이미 교편을 잡고 있던 중학교를 휴직하고 집에서 휴양하던 시기에 쓴 것으로 추정된다.

 들(原っぱ)

1925년에 『분쇼쿠라부(文章俱楽部, 문장구락부)』에 투고한 시. 자연 속에서 느끼는 자유와 평온을 묘사하고, 자연이 인간의 마음을 변화시키는 경험 그리고 고독하지만 즐거운 내면의 세계를 포착하고 있다. 넓은 자연 속에서 걷는 행위를 통해 마음이 맑아지는 순간을 표현하고 있다.

어리석고 쓸쓸한 손

어리석고 쓸쓸한 손 그 손이다,
마음을 좀먹고 눈동자를 좀먹고
산을 좀먹고 나무와 풀을 좀먹는다

어리석고 쓸쓸한 손 돌멩이를 좀먹고
먹이를 좀먹고 가다랑어를 좀먹고
아아, 쥐의 똥조차 좀먹어 간다

나를, 작은 아내를
고요한 하늘을 하얀 구름을
어리석고 쓸쓸한 손 너는 탐욕스럽게 좀먹는
아아, 어리석은 적요의 손
너는, 설마
너의 손조차 먹고 말 것인가

가을의 슬픔

나의 마음
마음의 마음으로부터
웃고 싶은
가을의 슬픔

가을이 오면
슬픔의
모두도 이상하여
이처럼 괴롭구나

귀와 눈과
코와 입
온 얼굴을
간질이는 가을의 슬픔

풀 위에 앉다

나의 잘못이었다
나의잘못이었다
이렇게 풀 위에 앉노라니 그것을 알겠다

어머니를 그리다

경치가
밝아왔다
어머니를 모시고
터벅터벅 걷고 싶어졌다
어머니는 분명
주키치야 주키치야 라고 몇 번이고 말을 걸어주시리

소박한 가야금

이 밝음 속에
하나의 소박한 가야금을 두면
가을의 아름다움을 참지 못하고
가야금은 조용히 울려 퍼지겠지

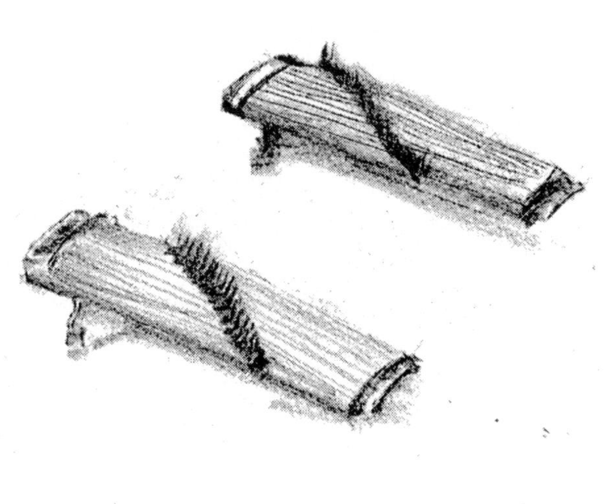

협죽도

높은 하늘 아래에 죽다
초여름의 마음 아아 그저 홀로
협죽도의 다홍빛이
초여름의 마음에 스며든다

기적

나병의 남자가
그리스도에게 와서 간절히 바란다
주여
주께서 고쳐주시리라 믿습니다
저의 병을 바로 고쳐주시옵소서

당신께서 고쳐주실 거라 믿습니다
저의 병을 바로 고쳐주소서
주여 고쳐주소서
바라옵건대 주여 고쳐 주시옵서소 주여
그리스도는 슬픈 얼굴을 하셨다
그리고 그 남자의 몸을 어루만지며
좋다, 자 깨끗해져라
라고 말씀하시자
보는 와중에 나병이 나았다

들

상당히
넓은 들이다
한 줄기 길을
까닭 없이 걷노라니
마음이
아름다워져서
혼잣말을
하는 것이 기쁘다

야마무라 보초(山村暮鳥)

낙원(樂園)
봄의 강(春の河)
어느 때(ある時)
구름(雲)
할아버지(お爺さん)
풍경(風景)

■ **야마무라 보초(山村暮鳥, 1884~1924)**

군마현(群馬県) 무나다카(棟高)에서 농가의 장남으로 출생. 세이상이치(聖三一)신학교를 졸업한 후 전도사로 활동하였으나, 1918년부터 결핵을 앓게 된다. 1920년에는 결핵환자이자 크리스찬이라는 이유로, 요양차 갔던 후쿠시마현 이와키시 다이라(平)에서 쫓겨났다고 한다. 시인, 아동문학자. 시집으로 『세인토·프리즈므(聖三稜玻璃, 성스러운 삼각유리)』(1915), 『가제와쿠사키니사사야이타(風は草木にささやいた, 바람은 초목에게 속삭였다)』

(1918), 『구모(雲, 구름)』(1925) 등이 있다. 특히 『구모(雲, 구름)』은 시인이 병상에 있던 1924년 11월 교정을 마치지만 그 출판을 보지 못하고 12월 영면에 들고 말았다. 1922년에는 소설 「십자가(十字架)」, 동요동화집 『반모쓰노세카이(万物の世界, 만물의 세계)』, 동화 「갈대배를 탄 아이(葦舟の児)」, 「소년행(少年行)」 등을 간행했다.

▢ 낙원(樂園)

초출은 1914년 『지조준레이(地上巡礼, 지상순례)』 제1권 3호에 발표. 초출의 제목은 「애락원(哀樂園)」. 1915년 『세인토·프리즈므(聖三稜玻璃, 성스러운 삼각유리)』에 수록.

이 시는 시인 자신의 정처 없고 비참한 자신의 삶을 '진흙투성이 돼지'에 빗대어 한탄하고 '가을'이라는 계절을 맞아 새 출발을 다짐하는 '일념'을 '산양의 뿔'에 빗대어 표현한 것으로 비친다.

▢ 봄의 강(春の河)

초출은 미상. 1924년 7월부터 야마무라 보초 자신이 병상에서 편집했던 시집 『구모(雲, 구름)』(1925년 출판)에 게재된 시.

풍요로운 자연풍경을 묘사하고 있는 이 시는, 「봄의 강」이라는 제목의 첫 번째 작품에 이어 「동일(おなじく)」이라는 제목의 시 두 편이 나란히 실린 것으로 보아 전체 세 편으로 구성된 것이다. 또한 이 시는 병마와 싸우는 자신의 처지에 대한 일그러진 사회적 인식에 의한 심신의 고통을 견뎌내고자 애쓰는 시인의 의지가 느껴지는 시이다.

▢ 어느 때(ある時)

초출은 1924년 6월 『소운(層雲, 층운)』 제14권 제1, 2호. 1925년 1월 『구모

(雲, 구름)』에 수록. 초출 당시 제목은「구름에 대하여(雲に就いて)」인데, 5행까지 지어진 시를「어느 때(あるとき)」라는 제목으로 같은 해 2월「자기 관찰(內觀)」에 발표하였다.

◻ 구름(雲)

1925년 1월『구모(雲, 구름)』에 수록. 초출은 1924년 1월『미미즈쿠(みみづく, 부엉이)』에 전체 제목『병상에서 외 3편(病床にて 他3編)』으로 발표하였고, 초출의 제목은「벗들을 그리다(友らをおもふ)」이다. 이 시에 뒤이어「동일(おなじく)」이라고 적힌 시가 이어지는 만큼「구름(雲)」은 모두 두 편으로 구성되었다고 할 수 있다. 특히「동일」에 나오는 싯구 "어이 구름아"는, 1923년 7월 병을 앓고 있는 여성 신자에게 보내는 편지에 적은 "어이 구름아/ 지에코에게 가는가, 다이라 쪽으로"라는 문구를 원형으로 한다고 본다.

* 동일(おなじく)

초출은 1924년 1월에 발행된『미미즈쿠(みみづく, 부엉이)』제2년 제1호로, 당시 제목은「벗들을 생각한다(友らをおもふ)」였다.

구름(雲)

(* 이 시「동일(おなじく)」이라고 적힌 시 바로 앞에 게재된 시가「구름(雲)」인 만큼,「동일」이 의미하는 것은「구름」인 것으로 해석된다.)

◻ 할아버지(お爺さん)

1925년 1월『구모(雲, 구름)』에 수록.

옛날이야기『하나사카지이상(花咲か爺さん, 꽃 피우는 할아버지)』를 연상하게 하는 시로, 복숭아꽃을 바라보며 기뻐하는 노인의 모습을 통해 자

연과 인간의 따뜻한 조화를 표현한 서정시이다.

▣ 풍경(風景)

반복적인 언어와 시각·청각 이미지를 통해 봄 들판의 강렬한 자연 풍경을 표현한 시이다. 특히 반복, 색채 이미지, 감각적 표현을 통해 자연 풍경을 마치 하나의 모자이크 그림처럼 보여 주는 것이 특징이다.

자연 풍경의 압도적인 아름다움, 봄 들판의 생명력, 자연 속에서 느껴지는 감각적 경험을 유채꽃으로 가득 찬 봄 들판의 풍경을 감각적으로 표현한 시이다.

낙원

쓸쓸한 빛 찬란하다
진흙투성이 돼지
여기저기에
뱀들 얽혀있다
가을 완연하고
내 눈동자의 분수
한결같은 마음
산양의 뿔 뾰족하다

봄의 강

한가득
봄의 강은
흐르고 있는 건지
아닌건지
떠 있는
지푸라기가 움직이는 걸 보니
흐르고 있음을 알겠다

동일

봄의, 시골의
큰 강을 바라보는 기쁨
그 기쁨을
한가로이 구름처럼
명랑하게
지칠 줄 모르고 흘려보내며
그것을 여전히 기쁘게 바라보고 있다

동일

가득히
봄은
작은 시냇물에까지
넘쳐 흐르고 있다
넘쳐 흐르고 있다

어느 때

구름 또한 나와 같다
나처럼
완전히 망연자실해 있는 것이다
너무나 너무나 넓은
끝이 없는 파란 하늘이므로
아아 노자여
이때다
방긋방긋 웃으며
불쑥 나오지 않으렵니까?

구름

언덕 위에서
노인과
아이가
멍하니 구름을
바라보고 있다

동일

어이 구름아
두리둥실
너무 한가롭지 않은가
어디까지 가는 게냐
저 멀리 이와키 다이라*까지 가는 게냐

---

* 이와키 다이라(磐城平): 헤이안 말기부터 이와키 일가가 지배했던 지역(이와키 시)
의 중심 마을. 에도시대에는 '이와키타이라번'의 일대로 현재의 후쿠시마현 하마
도오리 남부에 해당함.)

할아버지

만개한 복숭아 나뭇가지를
개개풀어진 눈으로 바라보며
기쁜 얼굴로 들고 지나갔다
저 할아버지
싱글벙글할 때마다
꽃도 기쁜지
나풀나풀 그 꽃잎을 흩뿌렸다
저 할아버지
어디선가 본 듯한

풍경

순은 모자이크

온통 유채꽃
온통 유채꽃
온통 유채꽃
온통 유채꽃
온통 유채꽃
온통 유채꽃
온통 유채꽃
희미한 보리피리
온통 유채꽃

온통 유채꽃
온통 유채꽃
온통 유채꽃
온통 유채꽃
온통 유채꽃
온통 유채꽃
온통 유채꽃
종달새 지저귀는

온통 유채꽃

온통 유채꽃
온통 유채꽃
온통 유채꽃
온통 유채꽃
온통 유채꽃
온통 유채꽃
온통 유채꽃
괴로워하는 것은 한낮의 달
온통 유채꽃

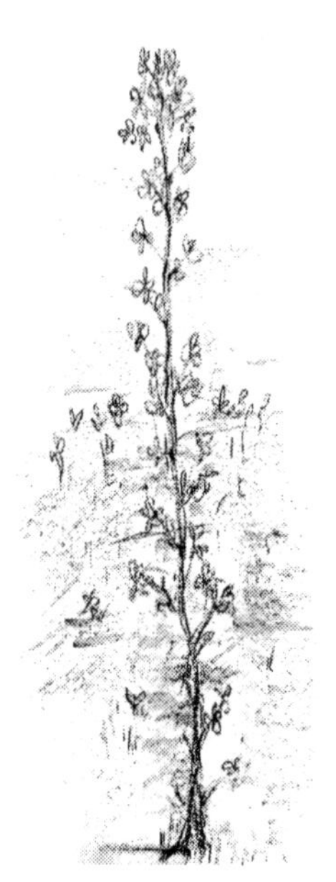

야타베 료키치(矢田部良吉) 역

> 그레이 씨 무덤의 감회시(グレー氏墳上感懐の詩)

▎ 야타베 료키치(矢田部良吉, 1851~1899)

메이지 시대의 일본 식물학자, 시인 · 물리학 박사.

1877년 도쿄대학 이학부 교수가 되었다.

1882년 <도쿄식물학회(현·일본 식물 학회)>를 설립해 회장에 취임하였다.

1882년 도야마 마사카즈(外山正一), 이노우에 데쓰지로(井上哲次郎)와 함께 『신타이시쇼(新体詩抄, 신체시초)』를 출판하며 서양의 근대시를 일본에 소개함으로써 일본 근대시의 시작을 알렸다.

▯ 그레이 씨 무덤의 감회시(グレー氏墳上感懐の詩)

유럽시의 번역과 창작시로 구성된 시집 『신타이시쇼(新体詩抄, 신체시초)』

에 실린 시이다.

일본에서 「시」는 한시를 의미하였는데, 기존의 한시나 전통적인 5·7조의 정형시(와카, 하이쿠)에서 벗어나 서구 근대시의 형식을 도입한 과도기적 시 형태를 '신체시'라고 칭하였다. 용어나 발상은 기존 단가에서 취한 것으로 7·5조 문어체라는 제약은 있었지만, 일본의 근대시의 출발점을 알리는 것이었다.

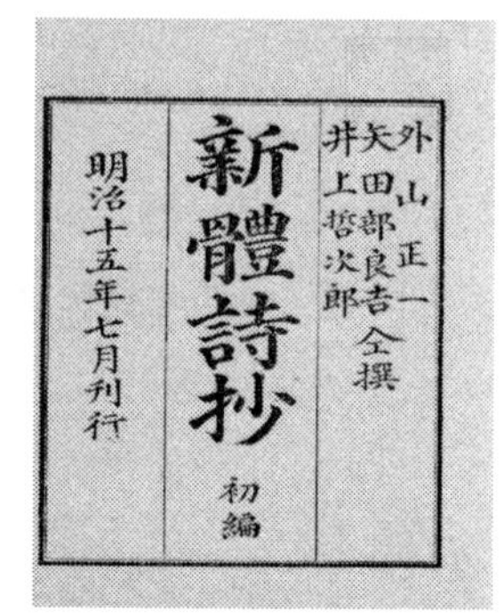

이 시는 영국의 시인 토머스 그레이(Thomas Gray, 1716~1771)의 시로 1751년에 발표한 「시골 묘지에서 노래한 애가(Elegy written in a Country Churchyard)」이다.

추운 겨울 시골의 가난한 농부 묘지에서 인생의 가난함을 노래한 이 시는 고전주의의 전통을 토대로 황혼녘의 시골 묘지의 쓸쓸함을 노래하고 있다.

토마스 그레이의 시는 1연이 4행으로 구성되었으나, 번역시는 7·5조 2단의 6구 3행으로 1연을 구성하고 있다.

토머스 그레이의 시에서 보여준 깨끗한 정서가 숙련된 번역에 의해 전해져 당시의 사람들에게 신선한 감동을 주었다고 한다.

그레이 씨 무덤의 감회시

산에는 안개 낀 저녁 무렵 종은 울리고 들판의 소는
천천히 걸어 집으로 돌아가네 밭 가는 사람도 지쳐서
모두가 사라지고 나만 홀로 황혼 녘에 남겨져 있다

사방을 둘러보면 황혼의 경치는 더욱 쓸쓸하다
단지 이 시간에 들리는 것은 날아오는 벌레의 날개소리
먼 목장의 침실에 들리는 양치기 종소리 울림

그리고 그 외에 담쟁이 덩굴 우거진 탑에 머무는 부엉이의
다가오는 사람을 틈새로 보고…………나의 보금자리를 침범하는
　자라고
의심하는지 달빛에 운다 지극히 가련한 목소리로

저기에는 느릅나무 또 여기엔 원시림 나무가 무성하다
그 그늘아래에 덮혀 높게 이끼가 끼인 흙에 덮히어 잠겨있다
무덤에 묻힌 이 마을의 오래된 선조가 오랫동안 완전히 잠들어있다

처마의 제비도 수탉도 메아리에 울려퍼지는 뿔피리 소리도
여명이 되면 시끄럽게 떠들겠지만
황천길을 간 사람의 잠을 깨우지는 못하리라

죽은 자의 덧없음이여 몸을 따뜻하게 하는 화로의 불도
아내의 밤일도 누구를 위해서인가 사랑하는 어린애가 더듬거리는
  말로
할아버지의 귀가를 기뻐하고 무릎에 매달리는 것도 없다

일찍이 이세상에 있을 때는 보리도 밀도 그 낫으로
산도 밭도 그 괭이로 거친 말도 그 채찍으로
무성한 숲도 그 도끼에 맡겨 그대 뜻대로 되었다

공명, 너무나 뜬구름으로 스쳐가는 것이라면
고인이 세상을 유익하게 하고 고생하는 것도 불운도
쓸쓸한 처자의 생활도 비웃을 수 없는 것이다

부귀 문벌 뿐만아니라 외모가 아름다운 소녀도
뜬세상의 영리 많아도 언젠가 무상한 바람 불면
풀잎의 이슬은 말할 것도 없이 황천에 들어가지 않는 것은 없네

이끼에 뒤덮인 고인은 묘지 위에 절을 세우고
근처의 아름다운 실내에 송가의 노래가 합해진다
악기 소리를 들으려 하지 않아도 일신의 부도덕함을 생각지말라

관의 초상 아름다움을 다하고 사람의 존경 많아도

한번 끊어진 구슬의 끝을 연결할 기술은 없네
알랑거리는 사람의 칭찬도 오랜 잠은 깨지 않을 것을
아첨하는 사람의 칭찬도 오랜 잠을 깨
생각해보면 한물 간 여기 고분 땅의 고인도
세상에 뛰어난 기량 있어 나라를 다스릴 덕을 갖추고
시문의 재능도 많았지만 나타내지 못하고 잊혀졌을까

배움의 바다는 넓어도 건널 항로를 알지 못하면
심성이 현명해도 신분이 천하고 가난하면
세상의 명예를 듣지 못하고 허망한 시골에서 끝나리

깊은 물밑에서 모두 그곳을 추구하지만 빛나는 보석도 있을 것이다
높은 봉우리를 찾아가면 향기나는 초목도 많겠지만
오랜세월 옛날부터 사람에게 알려지며 지나간다

실로 여기 무덤에 묻히네 재능이 뒤떨어진 햄던이
시는 변변찮은 밀턴이 나라에 군사를 일으키지는 못했어도
크롬웰과 비교할만한 시신도 있으리라

의원들의 옷으로 사람들의 협박도 아랑곳 없이
나라의 안위에 몸을 바쳐 높은 야망을 국민에게 얻게한
이들의 재능은 무시되고 고인은 어떻게 취급될 것인가

은혜는 넓어 미치지 못하지만 다시 일상의 행동에
부덕함도 자못 적지 않을 것이다 사람을 죽여 왕이되고
백성을 괴롭혀 이득을 꾀하는 것을 꿈에도 보지 못했을 것이다

진실을 감추는 헛소리에 수치를 견디는 마음의 괴로움
더욱이 솜씨 좋은 시문으로 부귀에 아첨하는 세상의 관습
이는 도읍의 폐단이지만 아직까지 이 땅에 이르지 못했네

여기에서 태어나 여기에서 죽으니 도회의 봄을 알지못한다면
그 몸은 부유하는 연꽃 사고는 맑은 가을의 달
실로 싫어하는 세상 먼지가 마음에 물들지 않네

하지만 거두어진 시체의 증표를 위해 가까이에
세운 비석은 지금도 있고 문장은 서투르게 새겨져있으니
추하지만 나그네의 동정을 어떻게 사지 않으리

비석 앞에 새겨진 이름과 연령에 기록된 문자는 보잘 것 없어도
기념의 공로는 있는 것이다   또한 고마운 경문의
문구를 가져와 새긴 것은 사람의 무상함을 깨닫게 하기 위함이다

하지만 이 세상에 태어나서 얼마되지 않아 죽는 그 때에
이별의 아쉬움도 없이 속세 꽃의 영광을
관심 밖으로 방치하고 사라져 가는 사람은 없으리라

눈빛이 멈추는 때는 몸뚱이가 얼마나 그리울까
늠름한 몸을 떠날 때는 아내와 자식이 너무나 그리워도
예를 들어 화장을 하거나 매장한다해도 사람의 그리움은 사라지
  지 않을 것이다

막상 여기에 고인의 유서를 적지만 스스로 어떻게해도
어느 사이에 돌아오지 못할 여행을 떠나고 지나간 뒤에는 이세상
  사람이
어찌 된 것일까 하고 찾아오는 이도 있으리라

나무랄 것 없는 이 고향의 우두머리에게 서리가 겹겹이 내린다
노인은 이렇게 말씀하신다 우리들은 저들이 아침 일찍
떠오르는 아침해를 보고싶어 언덕에 오르는 것을 항상 보네

또한 저쪽에 있는 강변 가지가 자라 늘어진 너도밤나무의
얽혀있는 뿌리 근처에 몸을 눕히고 한낮의 휴식
흐르는 물에 잠시 마주하고 그 덧없음을 푸념했겠지

또한 저쪽에 있는 상록수 나무 아래 방황하여
머리를 기울여 팔짱을 끼고 지인이 없음을 슬퍼하고
닿지 않은 사랑의 아쉬움 속세의 슬픈 잔을 들고 탄식했겠지

그러나 하루는 그 사람을 익숙한 언덕이나 나무 그늘에도
시간이 흘러 볼 수 없어지네 그 다음날 아침이 되었지만
들판에도 숲에도 강변에도 모습을 드러내는 일은 없네

또 그 다음날 아침 여명 시신을 보내는 노래를 들으니
정말 그 때문이리라 너는 글을 아는 사람이라면
저기 산 옷칠나무 그늘에 있는 비문을 읽고 짜맞추라

비문

땅을 베개로 이 아래 몸을 숨긴 젊은이는
부귀명예도 아직 알지 못하네 배움의 길도 어둡지만
애처로운 이 세상을 버리고 저 세상 사람이 되었네

어질고 은혜가 깊은 사람이라면 하늘도 고민하고 갚으리라
근심스런 사람을 보면 눈물 머금네(그 밖에 어찌할 방법이 없기
   때문에)
한사람의 친구만 있네(그 밖에 소망은 없네)

이제부터 밖으로 이 사람의 좋고 나쁨이 모두 더욱 깊어져
물어보려해도 소용없네 영혼은 이미 하늘로 돌아갔네
후일의 소망을 껴안고서 신에게 가까이 모실 뿐이네

요사노 아키코(与謝野晶子)

그대 죽는 일 없기를(君死にたまふことなかれ)
북을 끌어안으면(鼓いだけば)

▌ 요사노 아키코(与謝野晶子, 1878~1942)

오사카부(大阪府) 사카이시 출생. 일본의 가인이자 작가이며 사상가. 본명은 요사노 시요(与謝野志ょう)이며 '아키코'는 필명. 잡지『묘조(明星, 명성)』에 단가를 발표하며 일본의 낭만주의 문학의 중심에 섰다고 평가받는다. 1901년 처녀가집『미다레가미(みだれ髪, 헝클어진 머리)』를 간행하였고, 러일전쟁 당시 발표한「그대 죽는 일 없기를(君死にたまふことなかれ)」으로 이름을 알리게 되었다.

▯ 그대 죽는 일 없기를(君死にたまふことなかれ)

초출은 1904년 9월 발행된『묘조(明星, 명성)』. 1905년 1월『고이고로모(恋

衣, 연의)』에 수록.

러일전쟁에 출정 나간 동생이 무사히 귀가하기를 바라는 마음을 시로 표현한 작품이다. 작품을 통해 시인은 일본의 남아들을 전쟁터로 보낸 천황과 일본의 근대적 국민국가의 이념을 부정하고 비판한다.

▣ 북을 끌어안으면(鼓いだけば)

1905년 『고이고로모(恋衣, 연의)』에 게재. 이복언니 '하나(花)'를 애도하는 시이다.

그대 죽는 일 없기를

아아! 동생이여. 그대를 생각하며 운다
그대가 죽는 일이 없기를
막내로 태어난 그대이기에
부모님의 사랑은 월등했어도
부모님이 칼을 쥐게 하고
사람을 죽이라고 가르치거나
사람을 죽이고 죽으라고
스물네 살까지 너를 길렀겠는가

사카이 거리의 상인의
오랜 상점을 자랑하는 주인으로서
부모의 이름을 물려받을 그대이기에
그대여, 죽는 일 없기를
여순의 성이 함락된다고 해도、
함락되지 않는다고 해도 무슨 상관이랴
그대는 알기 바란다. 상인의
상가 집안의 법도에는 없는 것이다

그대가 죽는 일이 없기를
천황폐하는 전투에
직접 나가지 않으셨다.

서로의 피를 흘리게 하고
짐승의 길에서 죽으라고도
죽는 것을 사람의 공적으로는 하지 않을 것이다.
천황폐하의 깊은 마음이라면
말할 것도 없이 어찌 생각할 수 있을까.

아아, 동생이여. 전투에서
그대가 죽는 일이 없기를

얼마 전 가을에 아버지를 잃고
남겨진 어머니는
통곡 속에 애처롭게
아들을 보내고 집을 지키며
태평성대라고 들리는 천황폐하의 세상이지만
어머니의 흰머리는 늘어만 가네

상점 입구 늘어진 막 뒤에서 엎드려 우네
가냘프고 젊은 너의 신부를
그대는 잊었는가, 기억하는가.
열 달이나 함께하지 못하고 헤어져 있는
소녀의 마음을 생각해 보라
이 세상에 한 사람 그대 아니고
아, 아, 누구를 의지해야 하는가
그대 죽는 일이 없기를

북을 끌어안으면

북을 끌어안으면, 먼 젊은 날
언니의 목소리가 떠오르고,
우치기*를 걸치면, 화사해지던
언니의 얼굴이 향기를 전해 주고,
벚나무 가지 안으로 늘어져
우지의 강 내려다보는 전각에,
언니와 함께 머물 수 있는 봄밤의
눈부시게 빛나던 것을 어찌 잊으랴,
원래부터 너는, 들은 말에 따르면
태어나 열네 살까지,
아버지의 정을 알지 못하고,
집에 돌아가 있던 다섯 해도
내 집임에도 맘 편히 있지 못하고,
결국에는 싹트지 못한 첫사랑
맘속에 초조함 숨기고
예상치 못한 사람에게 시집 가,
울음소리조차 차마 내지 못하고
가냘픈 사람은 미소를 짓고
남몰래 속절없이 말도 못 건네고,
아, 그건 꿈인가, 짧은 생 마치고

28세에 떠나버린

언니를 떠올리면, 또

그 전생이 오히려 눈물 난다.

------

* 우치기(袿): 일본 전통의상 중 당의에 몇 겹으로 받쳐입던 복식의 한 종류

24

요시다 잇스이(吉田一穗)

어머니(母)
소년사모조(少年思慕調)
백조(白鳥)

다이쇼, 쇼와기의 시인, 평론가, 동화작가.

홋카이도(北海道) 가미이소군 가마야(釜谷)에서 태어났다.

1918년에 와세다대학 고등예과문문과에 입학하였으나 집안 사정으로 1920년에 중퇴하였다.

1920년 대학중퇴 이후 단가(短歌)로 등단했으나 이후 모더니즘 시작 활동으로 전환하며 서정시의 전통을 부정하였다. 시집에 『우미노닌교(海の人形, 바다의 인형)』(1924), 『우미노세이보(海の聖母, 바다의 성모)』(1926), 『고엔노쇼(故園の書, 고원의 서)』(1930), 『하이시텐(稗子伝, 패자전)』(1936) 등이 있다. 이와나미쇼텐(岩波書店)은 문고판 시집(2004년 출판)에서는 "감상(感

傷)의 토로를 싫어해 지성의 힘으로 극한까지 표현을 연마한 '극북의 시(極北
の詩)'를 이상으로 삼았던 고고한 시인"으로 요시다 잇스이를 평가하였다.

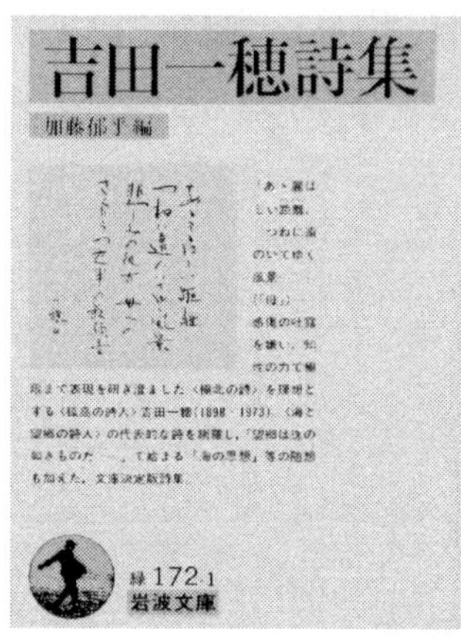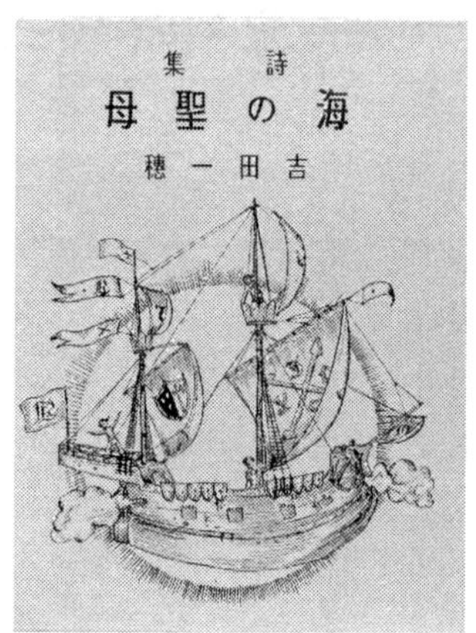

어머니(母)

1926년 『우미노세이보(海の聖母, 바다의 성모)』에 게재. 초출은 1923년 3월
발행된 『시토온가쿠(詩と音楽, 시와 음악)』. 시인이 스물네 살에 읊은 「어머
니」는 요시다 잇스이의 처녀작이라 할 수 있는 시이다. 이 시는 『우미노세이
보(海の聖母, 바다의 성모)』 외에도 요시다 잇스이의 『미라이모노(未来者, 미
래자)』, 『라텐바라(羅甸薔薇, 라틴장미)』, 『요시다잇스이시슈(吉田一穂詩集,
요시다 잇스이 시집)』 등에도 첫머리에 실렸을 정도로 시인의 대표적 시라
할 수 있다.

소년사모조(少年思慕調)

초출은 1926년 2월에 출간된 『쇼넨세카이(少年世界, 소년세계)』에 「눈 내

리는 밤(雪の夜)」이라는 제목으로 발표. 1926년 출판의 시집『우미노세이보
(海の聖母, 바다의 성모)』에 수록되었다.

□ **백조(白鳥)**

　초출은「황야의 꿈의 방황권에서(荒野の夢の彷徨圏から)」(4장)라는 제
목으로 1944년 10월의『시켄큐(詩研究, 시연구)』에 게재되고, 12장 구성의
「백조」는 1946년『게이린칸포(芸林間歩, 예림간보)』에, 그리고 전체 15장으
로 완성된 작품이 1950년 시집『라텐바라(羅甸薔薇, 라틴장미)』에 게재되었
다. 요시다 잇스이의 작품 중 최고의 평가를 받는「백조」는, 완성하기까지 10년
의 세월이 걸렸다고 한다.

어머니

아아 아름다운 거리(distance)
늘 멀어져가는 풍경……

슬픔 저 너머, 어머니께 보내는
더듬듯 찾는 한밤의 피아니시모.

소년사모조

숲을 건너는 신비로운 딱다구리여
　(오리는 계곡의 달빛 받으며 물놀이를 하고 있다)

오리온이 나왔다! 아아 장려한 밤하늘의 축제
뒤의 흐름은 얼어붙고, 소리도 끊겨
멀리 눈보라가 울부짖고 있다…….

낙엽송 숲의 올가미에 뭔가 사냥감이 잡혔나 보다
아우여, 내일, 눈 위에 새로운 짐승의 발자국을 찾으러 가자.

백조

1

손바닥으로 사라진 북두칠성의 징표.
…그래도 피우지 않으면 안 될 이 내부의 꽃은.
뒤에서 모래시계가 흘러넘친다.

2

램프를 켜고, 이윽고 나에게 돌아올 수밖에 없는 고독으로.
오리가 건넌다.
물 위는 아직 얼어있다.

3

장작을 팬다.
잡초 무성한 마을은 잠들어 있다.
델타가 넓게 형성되고 있었다.

4

돌절구 아래 여치.
마태복음 제2장, 한 알의 건포도.
지는 해.

5

경작지는 걸어서 측량하고, 옛 종자를 쥐고.
들의 꽃들, 노래하는 소녀는 홀로.
꼭두서니.

6

갈대의 선사시대…
물새 알을 손에 쥐고 생긋, 풀잎에 다친 상처 핥으며, 스사노오의 아이.
고향에서 검을 연마한다.

7

파란 하늘 가득하고 지하의 청렬하게 샘솟는 한 방울의 호수.
호수로 갈고리를 던진다.
백조는 오겠지, 불고리 열도의 옛길로.

8

하얀 원의 가설.
유리의 자오선.
사차원의 낙하 물체.

9

파도가 아우성치고 있다.

한없는 해안선에 까마귀의 문이 이어진다.
모래의 침식…

　　　10

불빛 없는 배가 입항한다, 북십자성을 찾아.
자기극 30도 빗각의 새로운 좌표에, 고대 녹지의 거대 코끼리가
　　　나타난다.
잃어버린 산타 마리아호의 오래된 설계도.

　　　11

미지에서 백조는 온다.
해와 달과 별이 파도를 헤치고 진주 신기루.
어디로, 나 자명의 현기증…

　　　12

시종(時鐘)이 창백한 대기를 흔든다.
그 누구도 돌아오지 않는다
옥상의 새집이 부숴지고 있다.

　　　13

불을 끈다, 인광을 발하여 꿈만이 나를 지킨다.

마른 갈대가 웅성거린다.
벌써 겨울 별자리가 찾아왔다.

　　14

유클리드 별자리.
동심원을 둘러싼 사람·짐승·신의, 나의 수직으로 빙촉 윤회가
　　삐걱인다.
마지막 밤, 표석이 무너진다.

　　15

땅에 사철 있고, 끊임없이 샘 솟는다.
또 백조는 날아오른다!
구름 피어오르고, 소금 굳어지고, 펄럭이는 산하.

25

우에다 빈(上田敏) 역

물망초(わすれなぐさ)
봄날 아침(春の朝)
낙엽(落葉)
산 저편(山のあなた)

▌우에다 빈(上田敏, 1874~1916)

도쿄 출생. 일본의 영문학자이자 시인이며 번역가. 문학박사로 교토제국 대학 문과대학 교수를 역임하였다.

서구의 상징시를 소개하고 번역하는 데 열정적이었는데, 특히 프랑스의 상징시를 일본문학 세계에 정착시키려는 의도로 번역어 선정에 일본적 감상을 살리고자 노력했다고 평가받는다. 그의 번역시집으로 『가이초온(海潮音, 해조음)』(1905)과 『보쿠요신(牧羊神, 목양신)』(1920) 등이 있다.

▣ 물망초(わすれなぐさ)

초출은 1905년 8월에 발행된『묘조(明星, 명성)』로, 같은 해 10월 출판된 번역시집『가이초온(海潮音, 해조음)』에 실림.

독일의 서정시인 빌헬름 아렌트(Wilhelm Arent, 1864~?)의 시를 번역한 작품이다.

▣ 봄날 아침(春の朝)

초출은 1902년 11월에 발행된『만넨구사(万年草, 만년초)』제3권. 1905년『가이초온(海潮音, 해조음)』에 수록.

영국의 시인 로버트 브라우닝(Robert Browning, 1812~1889)의「Pippa Passes」라는 노래를 번역한 작품으로, 이 시는 원래 1841년에 발표된 같은 제목의 극시(劇詩)에서 피파라는 소녀가 부르는 노랫말이라고 한다.

▣ 낙엽(落葉)

초출은 1905년 6월에 발행된『묘조(明星, 명성)』. 1905년『가이초온(海潮音, 해조음)』에 수록.

프랑스의 시인 폴 베를렌(Paul Verlaine, 1844~1896)의「가을의 노래(Chanson d'automne)」를 번역한 작품이다.

▣ 산 저편(山のあなた)

초출은 1903년 4월에 발행된『만넨구사(万年草, 만년초)』제5권. 1905년『가이초온(海潮音, 해조음)』에 수록.

독일의 시인 칼 붓세(Karl Busse, 1872~1918)의「über den Bergen」을 번역한 작품이다. 이 작품에서도 역자는 7·5조의 시어 사용으로 일본적 감상을 한껏 살려 원작보다 격조 높은 시로 재탄생시켰다고 평가받는다.

물망초

시냇물 흐르는 벼랑에 한송이
하늘 빛 연한 푸른 색
물결, 모두 입맞추고
한편, 모두 잊혀지네

봄날 아침

때는 봄
날은 아침
아침 7시
낮은 언덕에 이슬 가득하고
하늘 높이 떠오른 종달새 울고
달팽이 가지를 기어오르고
신은 하늘에서 다스리시네
모든 세상은 아무 일도 없이

낙엽

가을 날
바이올린의
한숨이
몸에 스며들고
그리하여
속절없이 슬프다

종 소리에
가슴 울적하고
눈빛이 변하여
눈물을 머금네
지나간 날의
추억이여

참으로 나는
근심 걱정으로 풀이 죽어
여기저기로
정처없이
사방에 흩어지는
낙엽이런가

산 저편

산 저편의 하늘 멀리

"행복"이 산다고 사람들은 말하네

아 아, 나는 사람들과 찾아갔지만

눈물을 머금고 되돌아오네

산 저편 더욱 멀리

"행복"이 산다고 사람들은 말하네

26

이시카와 다쿠보쿠(石川啄木)

서재의 오후(書斎の午後)
끝없는 토론 후(はてしなき議論の後)
코코아 한 스푼(ココアのひと匙)
비행기(飛行機)

▌ 이시카와 다쿠보쿠(石川啄木, 1886~1912)

이와테현(岩手県) 출생. 가인이자 시인. 본명은 이시카와 하지메(石川一). 모리오카(盛岡)중학교를 중퇴한 후『묘조(明星, 명성)』에 기고하면서 낭만주의 시인으로 두각을 나타내며, 만 19세에 시집『아코가레(あこがれ, 동경)』를 간행하였다. 하지만 경제적 문제로 고향에서 대용교원으로 일했는가 하면, 홋카이도에서 신문기자로 일하며 교정작업을 하기도 하였다. 그 와중에 생활상과 밀접한 내용을 담은 새로운 가풍의 가집『히토니기리노스나(一握の砂, 한 줌의 모래)』(1910)를 발간하였고, 그로써 가인으로서의 명성을 얻었다. 같은 해 고토쿠 슈스이(幸徳秋水)의 대역사건 이후 사회주의에 관심을 갖기 시작하였다. 1912년에는 『가나시키간구(哀しき玩具, 슬픈 장난감)』이라는 제목의 가집을 간행하였다. 1912년, 만 26세의 나이에 결핵으로 사망하였다.

◆ 서재의 오후(書斎の午後)

1911년 6월 15에 쓰인 『요비코토구치부에(呼子と口笛, 호루라기와 휘파람)』라는 원고 노트에 수록. 「1911.6.15. TOKYO」라고 기록되어 있다. 이 시는 시인이 가지고 있는 서양에 대한 동경의 마음이 담겨있다. '거친종이'와 '스며들지 않는 포도주'라는 표현에 작가 자신은 이러한 세계에 제대로 어울리지 못하는 존재임을 담아내며 현실세계 전체를 상징적으로 그려내고 있다.

◆ 끝없는 토론 후(はてしなき議論の後)

초출은 1911년 7월에 발행된 『소사쿠(創作, 창작)』으로, 초출의 제목은 「끝없는 토론 후 1」. 『요비코토구치부에(呼子と口笛, 호루라기와 휘파람)』에 「1911.6.15. TOKYO」라고 기록되어 있다.

급진적인 혁명청년들의 모임을 묘사한 시이다. 하지만 변혁을 꿈꾸는 열정은 투철하지만 아무도 행동에 나서려 하지 않음을 한탄한다. 다만 이 시의 모티프는 시인 자신의 경험이 아니라, 비밀리에 꾸려진 사회주의연구회의 모습을 상상하며 창작한 작품이다.

◆ 코코아 한 스푼(ココアのひと匙)

초출은 1911년 7월에 발행된 『소사쿠(創作, 창작)』으로, 초출의 제목은 「끝없는 토론 후 2」. 이 작품 역시 『요비코토구치부에(呼子と口笛, 호루라기와 휘파람)』에 「1911.6.15. TOKYO」라고 기록되어 있다.

1910년에 발생했던 대역사건을 계기로 사회주의운동에 관심을 갖게 된 이

후 쓴 작품이다. 작품의 모델은 대역사건의 주역인 고토쿠 슈스이(幸德秋水)의 아내이자 천황암살을 계획한 여인 간노 스가(菅野すが). 2연의 첫 행인 '끝없는 토론 후'를 통해 「끝없는 토론 후」에 뒤이어 씌어졌음을 알 수 있다.

▣ 비행기(飛行機)

1911년 6월에 쓰인 『요비코토구치부에(呼子と口笛, 호루라기와 휘파람)』라는 원고 노트에 기록된 시. 이 노트에는 「1911.6.27. TOKYO」라고 수록되어 있다.

서재의 오후

우리는 이 나라의 여자를 좋아하지 않는다

다 읽지 못한 외국 책
손에 닿는 감촉이 거친 종이 위로
잘못해서 흘린 포도주의
상당히 스며들어 가는 슬픔

우리는 이 나라의 여자를 좋아하지 않는다

끝없는 토론 후

우리들은 한편으로 읽고, 한편으로 토론할 것
하지만 우리들의 눈은 반짝거릴 것
50년전의 러시아 청년에게 뒤떨어지지 않게
우리들은 무엇을 해야할 것인가를 논의한다
하지만 누구 한사람, 움켜쥔 주먹으로 테이블을 두들기고
"브나로드"*하고 소리치며 나서는 자 없네

우리들은 우리들이 추구하는 것이 무엇인가를 안다
또 민중이 요구하는 것이 무엇인지를 안다
그러나 우리들이 무엇을 해야할 것인지를 안다
실로 50년전의 러시아 청년보다도 많이 알고 있다
하지만 누구 한사람 움켜진 주먹으로 테이블을 두들기고
"브나로드"하고 소리치며 나서는 자 없네

여기에 모인 사람은 모두 청년이고
항상 세상에 새로운 것을 만들어 내는 청년이다
우리들은 노인은 빨리 죽지만 결국 이길 것이라는 것을 안다
보라! 우리들의 눈이 빛나는 것을, 또 그 토론의 기세가 강한 것을
하지만, 단 한사람 움켜진 주먹으로 테이블을 두들기고
"브나로드"하고 소리치며 나서는 자 없네

아아, 촛불은 이미 세 번이나 바꾸었고
음료의 찻잔은 작은 곤충의 시체가 떠오르고
젊은 부인의 열심에는 변함이 없지만
그 눈에는 한없이 토론 한 후의 피곤함이 있다
하지만, 여전히 단 한사람 움켜진 주먹으로 테이블을 두들기고
"브나로드"하고 소리치며 나서는 자 없네

---

* 브나로드 운동(v narod movement): 러시아어로 민중속으로의 의미. 1870년경 러시아 지식인 청년이 농민 공동체를 기반으로 농민의 계몽을 위해 벌였던 운동이다. 성공하지는 못했지만, 농촌을 대상으로 한 사회주의적 급진 사상 전파의 시발점이 되며 많은 혁명가를 양성하게 되었고, 주변 여러 나라에서 농촌 계몽 활동이 시작되는 계기를 제공하였다.

코코아 한 스푼

우리는 안다 테러리스트의
슬픈 마음을——
말과 행동을 나누기 힘들어
오직 하나의 마음을
빼앗긴 말 대신에
행동으로 말하려고 한 마음을
우리와 나의 몸을 적에게 던져버리는 마음을——
하지만 그것은 정말로 열심인 사람이 항상 가지는 슬픔이다

끝없는 토론 후
식어진 코코아 한 스푼을 훌쩍이고
그 연하고 씁쓸한 맛에
우리는 안다. 테러리스트의
슬프고 슬픈 마음을

비행기

보라! 오늘도 저 창공에
비행기가 높이 날고 있는 것을

급사일하는 소년이
가끔씩 비번인 일요일
폐병 앓는 어머니와 단 둘이 있는 집에서
홀로 열심히 어학 독본을 독학하는 눈의 피곤함……

보라! 오늘도 그 하늘에
비행기가 높이 날고 있는 것을

지리 유키에(知里幸惠) 역

■ **지리 유키에(知里幸惠, 1903~1922)**

홋카이도(北海道) 호로베쓰 출생. 아사히카와(旭川)구립 여자직업학교 졸업. 아이누족 서사시인 유카르를 채집하기 위해 홋카이도를 찾은 긴다 이치 쿄스케(金田一京助)를 알게 되어 『아이누신요슈(アイ ヌ神謠集, 아이누신요집)』을 집필하게 된다. 그 인연으로 1922년 도쿄로 와 긴다의 집에 기거하며 그의 아이누어 연구를 돕지만 머잖아 병마로 사망하고 만다.

□ **올빼미 신이 직접 부른 노래(梟の神の自ら歌った謠)**

초출은 1923년 8월에 출간된 『아이누신요슈(アイ ヌ神謠集, 아이누신요집)』. 전체 230행에 달하는 장편의 서사시. 이 서사시는 "옛날의 부자가 지금

의 가난뱅이가 된” 집 아이가 “옛날 가난뱅이고 지금 부자가 된” 집 아이들의 괴롭힘을 당하는 것을 보고, 마을의 수호신인 올빼미가 일부러 잡혀 가난뱅이의 집으로 가 부자가 되게 도와주고 또 마을 사람들이 사이좋게 살도록 도와준다는 내용이다.

올빼미 신이 직접 부른 노래
「은빛 물방울이 주룩주룩 사방에」

「은빛 물방울이 사방에 주룩주룩, 금빛 물방울
사방에 주룩주룩」이라는 노래를 나는 부르면서
강을 따라 내려와, 사람 사는 마을 위를
지나면서 아래를 내려다보니
옛날 가난뱅이가 지금 부자가 되고, 옛날의 부자가
지금의 가난뱅이가 되어 있는 듯합니다.
바닷가에 사람의 아이들이 작은 장난감 활에
작은 장난감 화살을 가지고 놀고 있습니다.
「은빛 물방물이 사방에 주룩주룩
금빛 물방울 사방에 주룩주룩」이라는 노래를
부르면서 아이들의 위를
지나가면, 아이들은 내 밑을 달리면서
말하기를,
「아름다운 새다! 신의 새다!
자, 화살을 쏘아 저 새
신의 새를 맞춘 자, 가장 먼저 잡은 자가
진정 용기 있는 자, 진짜 강자다.」
라고 말하면서, 옛날 가난뱅이고 지금 부자가 된 자의
아이들은, 금빛 작은 활에 금빛 작은 화살을

메겨서 나를 쏘았다. 금빛 작은 화살은

나는 아래, 위로 피하며 날았습니다.

그때, 아이들 중에

한 아이가 일반 나무로 만든 작은 활에 보통의 작은 화살

을 들고 무리 안에 있습니다. 나는 가난뱅이 아이의 옷차림으로도

그것을 알 수 있었습니다. 그렇지만 그 눈빛을

자세히 보니, 위대한 자의 자손답게, 혼자 낯선

자가 되어 무리 안에 들어 있습니다. 그 아이도 일반적인 작은 활에

보통의 작은 화살을 메기고 나를 겨누었습니다.

옛날 가난뱅이이고 지금은 부자인 아이들은 크게 웃으며

말하기를,

「더러운 가난뱅이의 아이여!

저 신의 새는 우리의

금빛 작은 화살로도 잡을 수 없는 것을, 너 같은

가난한 아이의 보통 화살, 썩은 나무 화살에

저 신의 새가 참 잘도

잡히겠다.」

라고 말하고, 가난한 아이를 발로 걷어차고

때리고 합니다. 그렇지만 가난한 아이는

조금도 관여치 않고 나를 겨누고 있습니다.

나는 그 모습을 보니, 참으로 안타까웠습니다.

「은빛 물방울 사방에 주룩주룩

금빛 물방울 사방에 주룩주룩」이라는 노래를

부르면서 나는 천천히 하늘에

원을 그리고 있었습니다. 가난한 아이는

한쪽 다리를 멀리 세우고 다른 한쪽 다리를 가까이 세우고

아랫입술을 굳게 깨물고, 겨누더니

피융 쏘았습니다. 작은 화살은 아름답게 날아서

나를 향해 날아왔습니다. 그래서 나는 손을

뻗어 그 작은 화살을 잡았습니다.

빙글빙글 돌면서 나는

바람을 가르고 내려앉았습니다.

그러자 아이들은 달려와

모래바람을 일으키며 경쟁했습니다.

땅 위로 내가 떨어지자마자, 가장 먼저

가난한 아이가 달려들어 나를 잡았습니다.

그러자 옛날 가난뱅이였다가 지금 부자가 된 자의

아이들은 뒤따라 달려와

스무 번이고 서른 번이고 욕을 하곤

가난한 아이를 밀치고 때리고

"더러운 자식, 가난뱅이 자식

우리가 먼저 잡으려고 한 것을 가로채다니."

라고 말하는데, 가난한 아이는 나를

덮치더니 자기 배로 옴짝 못 하게 나를 누르고 있었습니다.

몸부림치며 간신히 틈을 비집고

뛰쳐나오더니, 그때부터 냅다 줄행랑쳤습니다.

옛날 가난뱅이였다가 지금은 부자가 된 아이들이
돌멩이와 나뭇가지를 던졌지만,
가난한 아이는 조금도 괘의치 않고
모래바람을 일으키며 달려와 한 오두막
앞에 도달했습니다. 아이는
첫 번째 창으로 나를 올리고, 그리고
덧붙여 이런저런 이야기를 들려주었습니다.
집안에서 노부부가
손차양을 이마에 대고 다가와
보니, 엄청난 가난뱅이이긴 하나
신사와 숙녀다운 품위를 갖추고 있었는데,
나를 보더니, 깜짝 놀라더니 허리를 굽혀 절하였습니다.
노인은 단단히 띠를 고쳐 매고,
나를 보더니
"올빼미 신이여, 거룩한 신이여,
가난한 우리의 변변찮은 집까지
찾아와 주시니 감사합니다.
옛날에는, 부자층에 들 정도의 자였는데
지금은 이처럼
보잘것없는 가난뱅이가 되어, 나라의 신
위대한 신께서 머무르시니
황송하기 이를 데 없어, 오늘 밤은 위대하신 신을
임하게 하시고, 내일은, 그저 이나우만이라도 올려

위대하신 신을 보내드립시다."라고

말하면서 몇 번이고 몇 번이고 예를 올렸습니다.

노부인은, 동쪽 창 밑에

깔개를 깔고 나를 거기에 놓았습니다.

그리곤 모두 잠자리에 들었고, 금방 코를 골며

잠들고 말았습니다.

나는 내 몸의 귀와 귀 사이에 앉아

있었는데 이윽고, 마침, 한밤중에 이르러

일어섰습니다.

"은빛 물방울 사방에 주룩주룩

금빛 물방울 사방에 주룩주룩"이

라는 노래를 조용히 부르면서

이 집 왼쪽 자리로 오른쪽 자리로

아름다운 소리를 내며 날았습니다.

내가 날갯짓하자, 내 주변에

아름다운 보물, 신의 보물이 아름다운 소리를 내며

떨어져 흩어졌습니다.

잠깐 사이에, 이 작은 집을, 훌륭한 보물

신의 보물로 가득 채웠습니다.

"은빛 물방울 사방에 주룩주룩

금빛 물방울 사방에 주룩주룩"이

라는 노래를 부르면서 이 작은 집을

잠깐 사이에 철의 집, 커다란 집으로

다시 만들고 말았습니다, 집 안에 멋진 보물 창고를 만들어,
훌륭한 옷가지 아름다운 것들을
서둘러 만들어 집안을 장식하였습니다.
부호의 집보다 더 멋지게 이 커다란 집 안을
장식하였습니다. 나는 그것을 마치고
원래대로 내 투구의
귀와 귀 사이에 앉아 있었습니다.
이 집의 사람들에게 꿈을 보여
아이누의 니시파가 운이 나빠서 가난뱅이가 되어
옛날 가난뱅이였다가 지금 부자가 된 자들에게
무시당하기도 하고 괴롭힘을 당하는 모습을 내가 보고
가엾게 여겨, 나는 신분이 천한 그런 신은
아니지만, 인간의 집에 머물며,
은혜를 베풀었다는 것을
알려줬습니다.
모두 끝난 후 잠시 후 새벽이 밝으니
집 사람들이 함께 일어나
눈을 비비며 집 안을 보더니 모두
마루 위로 쓰러지고 말았습니다. 노부인은
소리 높여 울고 노인은
닭똥 같은 눈물을 뚝뚝 흘리고
있었는데, 마침내, 노인은 일어나
내게 와서, 스무 차례 서른 차례나 절을

올리고, 그리고 말하기를

"그냥 꿈처럼 그냥 잠을 잤을

뿐인데도, 정말로, 이렇게 해주신 것.

너무나 보잘 것 없는, 우리의 누추한 집에

와주신 것만으로도 감사할 따름인데

나라의 신 위대한 신, 우리의 불운함을

가엾게 여겨주시어

은혜 중에서도 가장 큰 은혜를 주시었나이다"라고

울면서 말하였습니다.

그리고 노인은 이나우[*] 나무를 잘라

훌륭한 이나우를 아름답게 만들어 나를 장식하였습니다.

노부인은 차비를 하고

작은 아이의 도움을 받아, 장작을 마련하고

물을 기르고, 술 만들 준비를 하고, 잠깐 사이

여섯 동의 술통을 상좌에 늘어놓았습니다.

그리고 나는 불의 늙은 노녀신과

다양한 신의 이야기를 나누었습니다.

이틀 정도 지나자, 신이 즐겨하는 것이라

일찍이 집안에 술 내음이

떠다녔습니다.

---

* 이나우: 아이누족의 제기(祭器)

그때, 그 작은 아이에게 일부러
낡은 옷가지를 입혀, 마을 안의
옛날 가난했다가 지금은 부자가 된 사람들을
초대하기 위해 심부름을 시켰습니다. 그리고
뒤돌아보니, 아이는 집집마다에
들어가 심부름할 말을 전하였습니다.
옛날 가난뱅이였으나, 지금은 부자가 된 사람들은
크게 웃으며
"이것참 이상하네, 가난뱅이들이
어떻게 술을 만들고 어떤
음식이 있어 그것으로 사람을 초대할 수 있는가
가서 무슨 일인지 구경하고
비웃어줍시다."라고
말하면서 모두 데리고
찾아와서, 줄곧 멀리서부터, 그냥 집을 보는 것만으로
놀라기도 하고, 그대로 돌아오는 자도 있고
집 앞까지 와서 퍼질러 앉은 이도 있습니다.
그러자 집의 부인이 밖으로 나와
모두의 손을 잡아 집으로 들이자,
모두 앉은걸음으로 기어서
얼굴을 드는 자도 없습니다.
그러자 집의 주인은 자리에서 일어나
두루미 같은 아름다운 목소리로 이야기했습니다.

각각의 이유를 이야기하기를
"이처럼 가난뱅이라고 멀리하고
서로 왕래도 하지 못했는데
크나큰 신께서 가엾이 여기사, 어떤 나쁜 생각도
우리는 갖지 않고 있어서 이처럼
은혜를 입었으니,
지금부터 마을에 같은 일족의 사람들
이므로, 사이좋게
서로 왕래하고 싶다는 것을 모두에게
바라마지 않습니다."라고
말하자, 사람들은
몇 번이고 몇 번이고 두 손을 마주 빌며
집주인에게 죄를 빌고, 앞으로는
사이좋게 지낼 것을 약속했습니다.
나에게도 모두 절하였습니다.
그것이 끝나자, 사람들은 모두, 마음이 편해져
성대한 주연을 열었습니다.
나는 불의 신이나 집의 신이나
신전의 신과 이야기 나누며
인간들의 춤을 추고 날뛰는 모습을
바라보며 매우 흥이 났습니다. 그리고
이틀 사흘 지나자 주연은 끝났습니다.
사람들의 사이좋은 모습을

보고, 나는 안심하여
불의 신, 집의 신
신전의 신에 이별을 고하였습니다.
그것이 끝난 후 나는 내 집으로 돌아갔습니다.
내가 오기 전에, 나의 집은 아름다운 신장대에
술이 한가득 차 있었습니다.
그래서 가까운 신과 먼 신에게
심부름꾼을 보내어 초대하고, 성대한 주연을
벌였습니다, 좌석에는 신들에게
나는 인간의 마을을 방문할 때의
그 마을의 상황, 그 사건을 상세히 말하니
신들은 모두 나를 칭찬했습니다.
신들이 돌아갈 때 아름다운 신장대를
두, 세개씩 주었습니다.
아이누 마을 쪽을 바라보면,
지금은 이미 평온하여, 사람들은
모두 사이좋게 그 니시파^{**}가
마을에 우두리가 되어 있는,
그의 아이는, 지금은 이제 성인이 되어,
아내도 있고 아이도 있어
아버지와 어머니께 효행을 다하고 있습니다,
언제, 언제까지나, 술을 만들 때는
주연의 시작에, 신장대와 술을 나에게 보내줍니다.

나도 인간들 뒤에 앉아

항상

인간의 나라를 지키고 있습니다.

라고, 올빼미 신이 말하였습니다.

____

** 니시파: 부자라는 의미의 아이누어

28

하기와라 사쿠타로(萩原朔太郎)

시골을 무서워하다(田舍を恐る)

대나무(竹)

개구리의 죽음(蛙の死)

고양이(猫)

밤기차(夜汽車)

고이데신도(小出新道)

마음(こころ)

도네가와 강변(利根川のほとり)

여행길(旅上)

▌ 하기와라 사쿠타로(萩原朔太郎, 1886~1942)

군마현(群馬県) 출생. 구마모토대학, 오카야마대학, 게이오대학을 다녔지만 결국은 그 어떤 곳도 졸업하지 못하고 중퇴하였다. 일본 시인, 평론가. 다이쇼(大正) 시대 근대시의 새로운 지평을 연 '일본근대시의 아버지'라는 평가와, 구어자유시를 완성한 시인이라는 평가를 받는다. 그는 "단순하면서 복잡하고 보편성을 가지고 개성적인 감정의 표현이야말로 시다”라고 주장하고 그 감정은 리듬에 의해 표현된다고 주장하였다.

시집에는『쓰키니호에루(月に吠える, 달에게 짖다)』(1917),『아오네코(青猫, 파란 고양이)』(1923),『준조쇼쿄쿠슈(純情小曲集, 순정소곡집)』(1925),『효토(氷島, 얼음섬)』(1934) 등이 있다.

▣ 시골을 무서워하다(田舍を恐る)

초출은 1917년 1월에 발행한『간조(感情, 감정)』. 1917년 시집『쓰키니호에루(月に吠える, 달에게 짖다)』에 수록.

부모님의 재산을 탕진하며 작품활동을 하는 시인에 대해 비난하는 고향과 고향사람들에 대한 두려움과 원망을 표현한 시이다. 폐쇄적인 고향을 떠나 도시의 자유를 갈망하는 시인의 마음이 잘 전해진다.

▣ 대나무(竹)

1915년 2월 시카(詩歌, 시가)』에 발표. 1917년 시집『쓰키니호에루(月に吠える, 달에게 짖다)』에 수록.

단단한 땅을 뚫고 지상으로 자라나는 대나무는 강한 생명력을 갖는 데 반해, 땅속으로 뻗는 실 같은 뿌리는 연약한 시인의 건강을 상징적으로 표현하고 있다. 여기에서 심신이 허약했던 시인의 생에 대한 강한 의지를 엿볼 수 있다.

▣ 개구리의 죽음(蛙の死)

초출은 1915년 6월 시카(詩歌, 시가)』. 1917년 시집『쓰키니호에루(月に吠える, 달에게 짖다)』,「유년사모편(幼年思慕篇)」에 수록.

환상적 이미지를 통해 인간의 잔인함을 표현한 작품이자, 시인의 어릴 적

추억을 그린 시로 추정된다. 짓궂은 아이들의 잔혹성, 그리고 그 잔혹성을 무섭게 지켜보는 '달'을 차례로 표현함으로써 화자로 추측되는 소년 '사쿠타로'의 죄의식이 드러나고 있는 것으로 보인다.

□ **고양이(猫)**

1917년 2월 『쓰키니호에루(月に吠える, 달에게 짖다)』에 수록. 초출은 1915년 5월 『아루스(アルス)』제1권 제2호에 발표.

하기와라 사쿠타로는 이 시를 발표하기 직전인 1914년 말부터 신경증과 독감을 앓았다고 한다. 이 시는 이처럼 심신이 허약해져 있던 시점에 20대 후반의 청년인 사쿠타로가 고양이를 통해 자신의 고뇌(혹자는 성적인 고뇌)를 표현한 시라고 평가된다.

□ **밤기차(夜汽車)**

1913년 5월호 『잔보아(朱欒, ザンボア, 자몽)』에 발표. 1925년 『준조쇼쿄쿠슈(純情小曲集, 순정소곡집)』에 수록. 초출 당시의 제목은 「길을 가다(みちゆき)」로, 함께 발표한 「여행길(旅上)」「마음(こころ)」 등과 함께 사쿠타로의 대표적 처녀작 중 하나라 할 수 있다.

□ **고이데신도(小出新道)**

1925년 8월 『준조쇼쿄쿠슈(純情小曲集, 순정소곡집)』에 수록. 초출은 1925년 6월 발행된 『니혼시진(日本詩人, 일본시인)』 제5권 6호. 초출의 제목은 「향토망경시(鄕土望景詩)」였다.

이 시는 시인의 사춘기 때의 추억이 깃들어 있는 장소가 개발이라는 미명으로 벌목되어 가는 모습을 바라보는 시인이, 자신의 참담한 심정과 그에 대한 비난의 마음을 강한 어조로 담아내고 있다.

⬛ 마음(こころ)

1913년 5월에 간행된『잔보아(朱欒, ザンボア, 자몽)』제3권 5호에 발표. 1925년『준조쇼쿄쿠슈(純情小曲集, 순정소곡집)』에 수록.

구어자유시 형태의 대표적 작품이다. 이 시는 '수국'과 '정원의 분수'와 '두 나그네'에 '마음'을 빗대어 노래한 암유의 시이다. 이때 주요 시어, 예컨대 '마음－こころ' '수국－あぢさい' '분수－ふきあげ' '연보랏빛－うすむらさき' 등을 히라가나로 표현함으로써 애절하고 쓸쓸한 감정을 보다 효과적이고 섬세하게 전달하고 시적 효과를 높이고 있다.

⬛ 도네가와 강변(利根川のほとり)

초출은 1913년 8월에 발행된『소사쿠(創作, 창작)』제3권 1호. 당시의 시 제목은「어제오늘(きのふけふ)」. 1925년 8월『준조쇼쿄쿠슈(純情小曲集, 순정소곡집)』에 수록.

투신자살을 암시하는 시구로 시작되는 이 시는, 죽음을 생각하면서 도네가와강을 배회하는 시인 자신에 대한 연민과 자기애를 주제로 일본의 전통 시인 와카(和歌) 풍으로 읊고 있다.

⬛ 여행길(旅上)

1913년 5월『잔보아(朱欒, ザンボア, 자몽)』제3권 5호에 발표. 1925년 8월『준조쇼쿄쿠슈(純情小曲集, 순정소곡집)』에 수록. 첫 발표 당시 이 시에 제목은 없었다.

마음 가는 대로 여행을 떠나고 싶다는 바람을 노래한 이 시는, 사실은 1911년 힘든 현실을 떠나 해외여행을 꿈꿨던 하기와라의 바람이 결국 좌절하고 말았을 때 느꼈던 아쉬움을 표현하고 있다.

시골을 무서워하다

나는 시골을 무서워한다
시골에서 인적 없는 논 한가운데에서 떨며
가늘고 길게 자란 벼가 줄지어 선 것을 무서워한다
시골 논두렁길에 앉아 있으면
큰 파도 같은 토양의 무게가 나의 마음을 어둡게 한다
토양의 썩은 냄새가 나의 피부를 거무스름하게 한다
겨울 초목의 쓸쓸한 자연이 나의 생활을 힘들게 한다
시골 공기는 음울하고 답답하다
시골에서의 손의 촉감은 까칠까칠해서 기분 나쁘다
나는 때때로 시골을 떠올리면
살결이 거친 동물의 피부 냄새에 괴롭다
나는 시골을 무서워한다
시골은 열병의 창백한 꿈이다

대나무

빛나는 지면에 대나무가 자라
시누대가 자라
지하에는 대나무 뿌리가 자라
뿌리가 점차 가늘어져
뿌리에서부터 짜여진 뿌리가 자라
희미하게 흔들리어
딱딱한 지면에 대나무가 자라
지상에 뾰족하게 대나무가 자라
쏜살같이 대나무가 자라
얼어붙은 계절 늠름하게
파란 하늘 아래 대나무가 자라
대나무, 대나무, 대나무가 자라

개구리의 죽음

개구리가 죽임을 당했네
아이가 웅크려 손을 올렸네
모두 함께
사랑스럽게
피투성이의 손을 올렸네
달이 나왔네
언덕 위에 사람이 서있고
모자 아래 얼굴이 보이네

고양이

새까만 고양이가 두 마리
혼란한 마음의 저녁 지붕 위에
바짝 세운 꼬리에서
실같은 초승달이 희미하게 보이고 있네
"야옹, 안녕"
"야옹, 안녕"
"냐아옹, 냐아옹, 냐아옹"
"냐아옹, 이 집 주인은 아픕니다"

밤기차

새벽녘 희미한 빛은
유리창에 손끝은 차갑고
희부옇게 밝아오는 산자락은
수은처럼 고요하지만
아직 나그네 잠에서 깨지 않았으니
지친 전등의 한숨만이 어지럽구나
달콤한 니스의 냄새도
왜 그런지 모르게 궐련 연기조차
밤기차에서 까칠한 혀에는 쓸쓸함을
얼마나 아낙네는 사무치게 한탄할까.
아직 야마시나역은 지나지 않았구나
공기베개의 주입구 마개를 빼고
살며시 바람을 빼는 여인의 마음
문득 슬픔에 두 사람 몸을 기대고
동틀 녘 기차 창문으로 밖을 내다보면
어딘지 모를 산골 마을에
마냥 하얗게 피어난 매발톱꽃.

고이데신도

이곳에 도로를 새로 뚫는 것은
똑바로 좋게 만들어 시가지로 이으려는 것이다.
나는 이 새 길 교차로에 서있지만,
쓸쓸한 사방의 지평은 끝이 보이지 않고,
암울한 날이다.
햇빛은 집들의 처마 위로 낮게 드리우고
숲의 잡목 무작정 벌목되었다.
어찌할 것인가, 어찌할 것인가, 생각을 바꿔야 할것인가
내가 거슬러 가지 못했던 길 위에는
새로운 수목들이 모두 벌목되어졌다.

마음

마음을 무엇에 비할까
마음은 수국
복숭앗빛으로 피는 해는 있어도
연보랏빛 추억은 헛되기만 하다.

마음은 또 땅거미 내린 정원의 분수
소리 없는 소리의 발걸음 울림에
마음은 하나 되어 슬퍼하여도
슬퍼해도 존재의 보람은 없다
아아! 이 마음을 무엇에 비할까.

마음은 두 사람의 나그네
그러나 길동무가 굳이 어떤 말도 하지 않으면
나의 마음은 항상 이처럼 슬프리라.

도네가와 강변

어제 다시 몸을 던지려고 생각하고

도네가와 강변을 방황하는데

물의 흐름 빨라져서

나의 한탄 멈출 방법도 없어서

염치없이 살아남아

오늘도 다시 강가에 나와 돌팔매 하며 놀았다.

어제도 오늘도

아무 가치도 없는 나의 몸을 이렇게나 사랑스럽게 여기는 기쁨이여!

누가 죽일 수 있겠는가

끌어안고 끌어안고 울 뿐이다.

여 행 길

프랑스에 가고 싶지만
프랑스는 너무 멀어
하다못해 새 양복 입고
마음 가는 대로 여행에 나서본다.
기차가 산길을 갈 때
물빛 창에 다가서서
나 홀로 기쁜 생각에 잠기는
오월 아침의 동틀녘
갓 핀 어린 풀의 타오르는 마음 가는 대로.

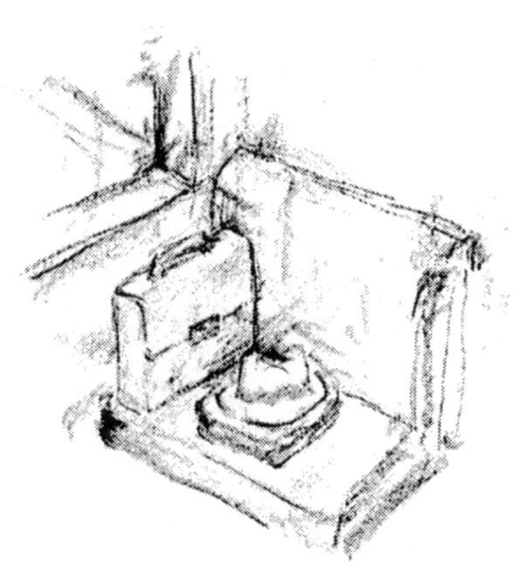

호리구치 다이가쿠(堀口大学)

황혼녘은 좋은 때(夕ぐれの時はよい時)
사자궁(獅子宮)
춤추는 여인(踊る女)
미라보다리(ミラボオ橋)

■ 호리구치 다이가쿠(堀口大学, 1892~1981)

일본 도쿄 출생. 게이오대학을 중퇴. 시인, 가인, 프랑스문학자.

외국의 시를 300편이 넘게 번역한 그의 작업은 일본의 근대시에 지대한 영향을 미쳤다고 평가된다. 1910년 게이오기주쿠대학 문학과 예과에 입학. 『미타분가쿠(三田文学, 미타문학)』에 시가를 발표하기 시작했다.

외교관인 아버지를 따라 유럽과 중남미에서 거주한 바가 있어서인지 프랑스어에 능하여 번역가로 활동하였다. 번역시집에 『겟카노이치군(月下の一群, 달 아래 한 무리)』이 있고 『겟코토피에로(月光とピエロ, 월광과 피에로)』, 『스나노마쿠라(砂の枕, 모래 베개)』 등의 시집이 있다.

▣ 황혼녘은 좋은 때(夕ぐれの時はよい時)

초출은 1918년 6월에 간행된『시헨(詩編, 시편)』제2편 6집.

석양의 아름다움을 평이한 시어로 이야기하듯 노래한 구어자율시다. 발표 당시 시의 타이틀은 「석양의 노래(夕ぐれの歌)」였다. 1919년에 출간된 『겟코토피에로(月光とピエロ, 월광과 피에로)』에도 수록된 바 있다.

▣ 사자궁(獅子宮)

1920년 6월 잡지『다이칸(大観, 대관)』에 발표, 1921년 9월 시집『미노모니카키테(水の面にかきて, 수면에 쓰다)』에 수록.

이 시는 호리구치 다이가쿠가 브라질에 체류 중일 때 지어진 것으로 추측된다. 그렇다면 시에서 읊은 '시월의 하늘'은 아마도 계절적으로는 봄의 하늘을 뜻하는 것일 테고, '시월'의 새벽녘 하늘에서 사자자리가 빛나더라도 이상할 건 없을 것이다.

▣ 춤추는 여인(踊る女)

잡지에의 발표여부는 알려진 바 없다. 시집『아타라시키고미치(新しき小径, 새로운 길)』(1922)에 수록.

춤을 추면서 한순간 춤사위를 정했을 때 위태롭게 넘어질 듯한 무용수의 자세를 마치 옷자락이 받쳐주고 있는 것처럼 보이는 풍경이 눈앞에 펼쳐진 듯하다.

▣ 미라보다리(ミラボオ橋)

프랑스 시인 기욤 아폴리네르(Guillaume Apollinaire, 1880~1918)의 시 「Le Pont Mirabeau」를 번역한 시로, 실연의 아픔을 노래한 시로 유명하다. 특히 이 시가 유명한 것은 시인이 연인이었던 화가 마리 로랑생(Marie Laurencin, 1885~1956)과의 사랑과 이별을 다루고 있기 때문일 것이다.

황혼녘은 좋은 때

황혼녘은 좋은 때
한없이 상냥한 때

그것은 계절에 상관이 없다
겨울이면 난로가에서
여름이면 큰나무 그늘에서
그것은 항상 신비에 가득 차 있고
그것은 항상 사람의 마음을 유혹하고
그것은 사람마음이
때때로 자주
고요와 맑음을 사랑하는 것을
알고 있는 이처럼
낮은 소리로 속삭이고 작은 목소리로 말한다

황혼녘은 좋은 때
한없이 상냥한 때

젊음의 향기 풍기는 사람들을 위해서는
그것은 애무에 가득찬 한 때
그것은 상냥함에 넘치는 한 때

그것은 희망으로 가득찬 한 때
아직 청춘의 꿈은 머네
다 잃어버린 사람을 위해서는
그것은 아름다운 추억의 한 때
그것은 지나간 꿈에 몹시 취하고
그것은 요즘 마음으로는 아프지만
게다가 완전히 잊혀지지 않은
상순의 그리운 잔향

황혼녘은 좋은 때
한없이 상냥한 때

황혼의 이 우울은 어디에서 오는 것일까?
누구도 그것을 알지 못한다!
(오오! 누가 무엇을 알고 있는 것일까?)
그것은 밤과 함께 밀도를 높이고
사람을 더욱 강한 환영으로 이끈다……

황혼녘은 좋은 때
한없이 상냥한 때

황혼녘
자연은 사람에게 안식을 주는 듯하다

바람은 약해진다
사물의 울림은 끊어지고
사람은 꽃의 호흡을 들을 수 있을 듯한 기분이 된다
지금까지 바람에 흔들리고 있던 풀잎도
바로 고요함으로 돌아오고
작은 새는 날개 사이에 머리를 파묻는다……

황혼녘은 좋은 때
한없이 상냥한 때

사자궁

시월의 하늘 맑구나.
새벽녘 사자궁을 보았는가.
어슴푸레한 비로도의 그늘
하얀 금성
붉은 화성과
은근히 통하였다.
멀리 토성
더 먼 목성과
그 위로 초승달이 걸렸다.
시월의 하늘 맑구나.
새벽녘 사자궁을 보았는가.

춤추는 여인

비처럼 흘러내린 옷자락이
모양을 지탱한다
춤추는 여인은
이제라도 쓰러질 듯 하건만

미라보다리

기욤 아폴리네르/호리구치 다이카쿠 역

미라보다리 아래를 센 강이 흐르고
우리의 사랑이 흐른다
우리는 떠올린다
고통 뒤에는 기쁨이 온다는 것을

날도 저물고 종도 울려라
세월은 흐르고 나는 남는다

손에 손을 맞잡고 얼굴을 마주보자
이러고 있으면
맞잡은 우리들의 팔이 만든 다리(橋) 밑을
지친 무궁한 시간이 흐른다

날도 저물고 종도 울려라
세월은 흐르고 나는 남는다

흐르는 물처럼 사랑도 죽어간다
사랑도 죽어간다

목숨만이 길고
희망만이 크다

날도 저물고 종도 울려라
세월은 흐르고 나는 남는다

해가 가고 달이 가고
지나간 때도
옛 사랑도 다시는 오지 않아
미라보다리 아래를 센 강이 흐른다

날도 저물고 종도 울린다
세월은 흐르고 나는 남는다

후쿠시 고지로(福士幸次郎)

나는 태양의 아들이다(自分は太陽の子である)
바쁜 침묵(忙しい沈黙)
영혼을 비추는 빛(靈に照らす光)

■ **후쿠시 고지로(福士幸次郎, 1889~1946)**

아오모리현(青森県) 출신의 시인이자 정치활동가.

1910년 처녀작『시젠토인쇼(自然と印象, 자연과 인상)』을 발표하였다.

1909년에 처녀작을 발표하였고 1914년 첫 시집인『타이요노코(太陽の子, 태양의 아들)』을 출판하였다. 이로써 후쿠시는 다이쇼시대 구어자유시의 선구자로 인정받았으며 이 시집 발행 후 평론가로도 활동하였다.

1920년에는 두 번째『덴보(展望, 전망)』을, 1929년 12월에는 산문시집인 『지호슈기헨(地方主義編, 지방주의편)』을 출판하였다. 한편 1925년에는 아오모리닛포샤(青森日報社)의 주필이 되었고, 1932년에는 일본 파시즘 연맹을 창설하였다.

나는 태양의 아들이다(自分は太陽の子である)

「나는 태양의 아들이다(自分は太陽の子である)」는 처음「태양의 아들(太陽の子)」이었던 것을 1929년 신초사(新潮社)의 현대시인전집에「나는 태양의 아들이다(自分は太陽の子である)」로 제목을 바꿔 실은 것이다.

시의 말미에 있는 "자신은 어두운 습기 머금은 축축한 곳에서 갓난아이 첫 울음 소리를 내었지만 나는 태양의 아들이다"에서 노래하듯 이 작품은 불우한 환경 속에서도 눈부시게 빛나는 태양처럼 충실히 살고자 하는 희망을 담아낸 작품으로 여겨진다.

바쁜 침묵(忙しい沈黙)

시집『타이요노코(太陽の子, 태양의 아들)』에 수록된 시이다.

이 시는 따뜻한 봄날의 도시 풍경을 배경으로 하고 있지만, 전반적인 분위기는 결코 밝지 않다.

햇빛은 "따뜻하다"고 표현되지만, 그 빛 속에는 먼지와 혼탁함이 섞여 있어 오히려 답답한 느낌을 준다.

많은 사람들이 오가지만, "침묵한 채 바쁘게 스쳐 지나가는" 모습으로 그림으로써 소통 없는 군중의 모습이 강조되고 있다.

영혼을 비추는 빛(靈を照らす光)

그의 마지막 시집『덴보(展望, 전망)』에 수록된 시이다.

이 시는 강렬한 자기 고백과 종교적 상징이 결합된 작품으로, 타락과 구원에 대한 갈망을 중심으로 전개되어 있다.

자신의 삶이 오염되고 타락했음을 솔직하게 드러내며 그러한 가운데에서도 순수함을 추구하고 정화되어 구원받고자 하는 의지를 담아내고 있다.

나는 태양의 아들이다

나는 태양의 아들이다
아직 탈 만큼 탄 적 없는 태양의 아들이다

지금 도화선을 붙이고 있다
슬슬 연기가 난다

아아! 연기가 불꽃이 된다
나는 한낮의 밝은 환상에 얽매여 그만두지 못한다

하얀 백광의 들이다
빛이 충만한 도회의 한 가운데이다
산 봉우리에 수줍은 듯 순백의 눈이 빛나는 산맥이다

자신은 이 환상에 쫓기어
지금 연기만 내고 있는 것이다
검은 연기에 콜록거리는 검은 연기를 뿜어내고 있는 것이다

아아, 빛이 있는 세계여!
빛이 있는 공중이여!

아아, 빛이 있는 인간이여!
모든 몸이 눈과 같은 인간이여!
모든 몸이 상아조각 같은 인간이여!
영리하고 건강한 힘이 넘치는 인간이여!

나는 어두운 습기 머금은 축축한 곳에서 갓난아이 첫울음 소리를
   내었지만
나는 태양의 아들이다
타오르는 것을 동경해 마지않는 태양의 아들이다

바쁜 침묵

혼잡한 따뜻한 햇빛
포석 위로 숨을 내뿜는
꽃가루 같은 티끌 속
침묵한 행인은 바삐
그리고 흥분에 차서 지나간다

유리창에서 꽃장식이 치워지고
포석 위를 밟는 군집의 붉은 그림자
퇴색한 그러나 향기로운 오전의 향기가
주황색 담요 같은 자극을 감싼다

이따금 전철의 울림은 시끄럽게 지나가고
따뜻하게 마른 회색 창들은
소리 나는 쪽으로 열심히 눈동자를 모은다

군집은 춤이라도 추는 양하는 발걸음으로
붉게 땀에 젖은 얼굴로
양지와 음지를 비틀비틀 걷는다

하지만 희미하게 날이 개더니
먼지 부연 하늘
다양한 군집의 모자들이 북적이며
따뜻한 자극이 부풀어 오른다

영혼을 비추는 빛

아아 나는 진흙도 먹었습니다,
더러운 물도 마셨습니다,
나의 뱃속은 검고,
나의 목은 타들어 가고 있습니다.

아아! 이 안에 뭔가 깨끗한 것,
아아! 이 안에 뭔가 맑고 투명한 것,
아아! 이 안에 영혼이 빛나는 알코올,
그 진흙물을 기름 삼아,
그 창자를 기름병 삼아,
어둑한 밤을 비추는 부단의 등불,
불멸의 등불,
그대의 어두운 영혼을 비추는 빛이 되게 하라.
지옥극락,
밤의 등불,
천마악귀의,
밤의 등불,
아아! 빛나라
빛나라,
길잡이가 되어라,
빛나라!

편역자소개

정승운 鄭勝云

소속 : 전남대 일문과 교수, 일본근현대문학 전공
대표업적 : ① 논문 : 「소세키와 니체의 '광기'론과 막스 노르다우―『나는 고양이로소이다』 '광인 편지'의 풍자적 전복―」 『동북아문화연구』 84, 동북아시아문화학회, 2025년 9월
② 저서 : 『근현대 일본문학 비평』 제이앤씨 2017년 12월
③ 저서 : 『나카노 시게하루(中野重治)의 비 내리는 시나가와역』 제이앤씨, 2006년 5월

사희영 史希英

소속 : 전남대 일문과 강사, 일본근현대문학 전공
대표업적 : ① 논문 : 「근대 잡지의 이미지에 나타난 시대 의식과 문화 코드」, 『日本語教育』 제114집, 한국일본어교육학회, 2025년 12월
② 역서 : 『잡지 東洋之光의 詩 世界 <Ⅱ>』 제이앤씨, 2023년 12월
③ 역서 : 『잡지 東洋之光의 詩 世界 <Ⅰ>』 제이앤씨, 2022년 12월

김경인 金鏡仁

소속 : 전남대 일문과 강사, 일본근현대문학 전공
대표업적 : ① 논문 : 「한일 원폭문학에 서사되는 '소년'의 죽음―『리틀보이』와 『少年口伝隊一九四五』를 중심으로」, 『日本研究』 제106호, 한국외대일본연구소, 2025년 12월
② 역서 : 『고해정토―나의 미나마타병(苦海浄土わが水俣病)』(石牟礼道子), 달팽이, 2022년 1월
③ 공역 : 『공해원론(公害原論)』(宇井純), 역락, 2023년 2월

일본 근대 명시 선집 I

초 판 인 쇄	2026년 03월 23일
초 판 발 행	2026년 03월 30일

편 역 자	정승운 · 사희영 · 김경인
삽 화	박가영
발 행 인	윤석현
발 행 처	제이앤씨
등 록 번 호	제7-220호
책 임 편 집	최인노

우 편 주 소	서울시 도봉구 우이천로 353 성주빌딩
대 표 전 화	02) 992 / 3253
전 송	02) 991 / 1285
전 자 우 편	jncbook@hanmail.net

ⓒ 정승운 · 사희영 · 김경인 2026 Printed in KOREA.

ISBN 979-11-5917-266-3 03830   정가 27,000원